마사코의 질문

초록우산 어린이재단 (주)푸른책들은 도서 판매 수익금의 일부를 초록우산 어린이재단에 기부하여 어린이들을 위한 사랑 나눔에 동참합니다.

푸른도서관 10
마사코의 질문

초판 1쇄 2005년 8월 25일 | **초판 13쇄** 2025년 1월 5일

지은이/손연자
펴낸이/신형건
펴낸곳/(주)푸른책들 등록/제321-2008-00155호
주소/서울특별시 서초구 양재천로7길 16 푸르니빌딩 (우)06754
전화/02-581-0334~5 **팩스**/02-582-0648
이메일/prooni@prooni.com **홈페이지**/www.prooni.com
인스타그램/@proonibook 블로그/blog.naver.com/proonibook

글 ⓒ 손연자, 2005

ISBN 89-5798-030-X 03810

*잘못된 책은 구입한 곳에서 바꾸어 드립니다.
*이 책 내용의 일부 또는 전부를 재사용하려면 반드시 저작권자와
(주)푸른책들 양측의 서면 동의를 얻어야 합니다.

표지 그림 | 이은천

마사코의 질문

—손—연—자—지—음—

푸른책들

차례

7 …… 꽃잎으로 쓴 글자

21 …… 방구 아저씨

33 …… 꽃을 먹는 아이들

57 …… 남작의 아들

77 …… 잠들어라 새야

97 …… 잎새에 이는 바람

120 …… 긴 하루

134 …… 흙으로 빚은 고향

159 …… 마사코의 질문

182 …… 작가의 말
186 …… 일러두기

꽃잎으로 쓴 글자

 (이 이야기는 나 오현지의 할아버지가 아홉 살이었을 때 이야기입니다. 그 때는 일본이 우리 나라를 빼앗고 말도 글도 못 쓰게 하면서 괴롭히던 때였습니다.)

 아침에 일어나 창문을 여니 복사꽃이 하얗게 피었습니다. 뒤꼍 우물가가 환해졌습니다. 승우는 창가에 서서 가만히 나무를 바라봅니다. 연한 복사꽃 향내가 코끝을 간질입니다. 오늘은 나뭇가지에 올라앉아 하루 종일 꽃만 바라보았으면 좋겠습니다.
 아침을 끝낸 승우는 누이들과 함께 솟을대문을 나섰습니다. 새로 담임이 된 다나카 선생님은 지각하는 걸 가장 싫어합니다. 아이들은 따귀를 맞기 싫어서, 또는 걸상을 들고 벌을 서거나 냄새 지독한 변소 청소를 하게 될까 봐 모두가 일찍들 옵니다.

북쪽 담 구석에 있는 3학년 1반 변소는 달걀 귀신이 나온다는 말도 있습니다.

누이들과 헤어져 교문을 들어선 승우는 운동장을 가로질러 뛰었습니다. 봄바람이 제법 매섭습니다. 화단에 있는 나무들이 쓰러졌다 일어났다 야단입니다.

걸상에 앉아 막 책가방을 내려놓는데 조례 시간을 알리는 사이렌이 울렸습니다. 복사꽃에다 너무 한눈을 팔았나 봅니다. 하마터면 지각을 할 뻔했습니다.

아이들은 걸상 등받이에다 허리를 붙이고 가슴을 쭉 펴고 앉았습니다. 선생님이 들어오시기 전에는 으레 칠판 쪽을 똑바로 보고 있어야 합니다. 슬리퍼 끄는 소리가 복도를 울리더니 드르륵 교실 문이 열렸습니다. 국민복에 당꼬바지를 입은 선생님이 성큼 교단 위로 올라섰습니다. 빡빡 깎은 머리, 짙은 눈썹, 그 아래로 쏘는 듯한 눈빛이 차갑습니다.

"차렷, 경례!"

급장 준식이가 발딱 일어나 외쳤습니다. 아이들은 머리가 책상에 닿을 정도로 아침 인사를 했습니다.

"다 왔군. 좋아."

선생님은 교실을 휘둘러 보고 나서 싸늘하게 말했습니다. 그러곤 팔을 있는 대로 벌려 교탁 양쪽 끝을 움켜잡았습니다. 작달막한 키가 더욱 작아졌습니다. 아이들은 겁먹은 얼굴로 몸을 사렸고, 눈이라도 마주치면 폭폭 고개를 떨어뜨렸습니다.

"너희들! 오늘부터 선생님이 아주 재미있는 놀이를 하도록 해 주겠다."

뜻밖에도 선생님의 목소리는 쾌활했습니다. 더욱이 재미있는 놀이라는 건 더 뜻밖이었습니다. 아이들은 웬일인가 싶어 서로를 흘깃흘깃 훔쳐보았습니다.

조례 시간의 첫마디는 으레 일본과 조선은 하나이고, 천황폐하는 우리들의 어버이시니 충성을 다해야 한다는 것이었습니다. 천황이란 말을 할 때의 선생님은 불에 덴 것처럼 깜짝 놀라서 차렷 자세를 했습니다. 그러고선 일본 쪽을 향해 구십 도로 허리를 꺾었습니다. 그런데 재미있는 놀이라니요? 아이들의 눈은 호기심으로 반짝이기 시작했습니다.

"자, 이걸 봐라."

가로 삼 센티, 세로 십 센티 정도의 나무패가 높이 치켜졌습니다. 횃불처럼 우뚝 솟은 나무패는 굉장한 힘이 있어 보였습니다. 선생님은 왼쪽에서부터 오른쪽으로 아주 천천히 나무패를 움직였습니다. 아이들의 눈동자는 작은 나무패가 가는 대로 이 쪽에서 저 쪽으로 따라갔습니다.

"이게 뭔지 알겠나?"

교실은 물을 끼얹은 듯 조용해졌습니다.
"급장, 일어나라!"
준식이가 발딱 일어섰습니다.
"받아."
나무패가 붕 떴습니다. 준식이는 두 손을 마주 펴 손목에다 찰싹 붙였습니다. 손바닥 안에서 척! 소리가 났습니다.
'위반.'
얄따란 나무패에는 일본말로 '위반'이라고 써 있었습니다. 준식이는 얼른 주먹을 쥐어 글자를 가렸습니다. 붓으로 쓴 까만 글자가 무슨 괴물처럼 눈앞에서 어른거렸습니다. 곧이어 깐깐한 목소리가 아이들의 마음을 옭아맸습니다.
"급장은 잘 듣거라. 너는 그 패를 가지고 있다가 노는 시간에 조선말을 쓰는 자가 있거든 그걸 주어라. 그걸 받은 자는 조선말을 하는 동무가 눈에 띄는 즉시 다시 넘겨 주어라. 선생님은 종례 시간에 누가 저 패를 가지고 있나 보겠다. 맨 마지막으로 가지고 있는 자는 무조건 손바닥 열 대씩이다. 자, 서로서로 잘 살피도록. 알았나?"
재미있는 놀이를 기대했던 아이들은 실망했습니다. 여기저기서 수런거리는 소리가 나지막하게 일어났습니다.
"조용히 해라!"

선생님은 얼굴이 빨개 가지고 출석부로 교탁을 탕탕 내려쳤습니다. 그 소리가 하도 커서 아이들은 모조리 어깨를 움츠렸습니다.

칠판 바로 위에 걸린 일장기에 아침 햇살이 퍼졌습니다. 일장기 속의 둥근 해는 방금 솟은 듯 붉었습니다. 선생님 입가에 뜻 모를 웃음이 어렸습니다. 승우는 얼른 창 밖으로 눈을 돌렸습니다. 인왕산 봉우리가 꺼칠해 보였습니다. 선바위는 잿빛 구름을 무겁게 이고 있었습니다.

1교시 수업이 끝나고 노는 시간이 되었습니다.

아이들은 긴장을 했습니다. 잘못하여 조선말이 나오면 큰일입니다. 다나카 선생님의 몽둥이는 다른 반에 비해 훨씬 굵고 단단합니다. 아이들은 반이나 넘게 변소엘 가는 척 교실을 빠져 나갔습니다. 남아 있는 아이들은 아예 손으로 입을 막거나 책에다 얼굴을 묻었습니다. 그러나 나무패는 어렵지 않게 4분단에 앉아 있는 윤칠이한테로 넘어갔습니다.

"기무라 이치로!"

윤칠이의 일본 이름이 불려졌습니다. 깜짝 놀라 고개를 쳐든 윤칠이의 얼굴이 화르르 구겨졌습니다. 준식이랑 윤칠이는 골목을 사이에 둔 단짝 동무입니다. 그걸 모르는 아이들은 하나도 없습니다.

'조놈 봐라. 하필이면 날 노리다니.'

짝꿍한테 지우개를 주면서 '이거!' 라고 한 것뿐이었습니다.

'귀도 밝지, 어떻게 그 소리를 들었담. 틀림없이 벼르고 있었던 거야.'

윤칠이는 기분이 울적했습니다. 그러나 나무패는 어떻게든 넘겨야 합니다. 윤칠이는 눈을 빛냈습니다. 그렇게 해서 걸려든 게 '야!' 하고 동무를 부른 태성이였습니다.

'저 녀석, 그 동안 나한테 얻어먹은 엿이 얼만데. 어디 이제 주나 봐라.'

얼결에 '위반'을 받아 든 태성이는 어깨로 숨을 몰아 쉬며 씨근거렸습니다. 윤칠이는 멋쩍어 슬그머니 고개를 돌렸습니다. 선생님이 보실까 봐 태성이는 수업 시간 내내 엉덩이에다 나무패를 깔고 앉아 있었습니다.

다시 노는 시간이 되었습니다. '위반'의 나무패는 교실 여기저기를 바쁘게 돌고 돌았고, 그 때마다 동무를 원망하는 마음들을 어린 가슴에다 죽죽 긋고 떠났습니다. 그걸 넘겨받은 아이는 유리창을 스치는 바람결에도 고개를 홱홱 돌렸습니다.

하루의 수업이 다 끝났습니다. 선생님은 종례를 준비하러 교무실로 가셨습니다. 그제야 아이들은 호창이만 빼고 가슴들을 폈습니다. 호창이는 눈물을 글썽이며 나무패를 만지작거렸습니다.

"어, 나비다!"

옆줄에 있던 명서가 손가락으로 맨 꼭대기 창문을 가리켰습니다. 호랑나비 한 마리가 팔랑팔랑 창가를 날고 있었습니다. 올 들어 나비는 처음이었습니다.

"아리가토오(고맙다)!"

호창이는 들고 있던 나뭇조각을 잽싸게 던졌습니다. 명서가 제 머리카락을 움켜잡는 걸 보고도 호창이는 싱글벙글 웃었습니다. 종례 시간은 바짝바짝 다가왔습니다. 애가 탄 명서는 혹시나 해서 귀를 활짝 열었지만 아이들은 꿈쩍도 안 했습니다. 복도에서는 슬리퍼 끄는 소리가 점점 가까워 왔습니다. 이제 조금만 있으면 교실 문이 드르륵 열릴 겁니다. 안절부절못하던 명서가 자리를 박차고 일어났습니다.

"아얏!"

하는 일이 굼떠서 별명이 칠득이인 재득이가 소리를 질렀습니다. 명서가 뺨을 꼬집었던 것입니다. 당연히 조선말이 나왔습니다. 느닷없이 일어난 일인데 어떻게 '이따이!'라는 일본말로 아픔을 표시하겠습니까? 명서는 다람쥐보다도 빠르게 나무패를 떠넘기곤 손바닥을 탈탈 소리나게 털었습니다.

"비겁한 놈!"

명서의 짝꿍인 승우가 주먹을 불끈 쥐었습니다. 명서를 향해 달려들려던 재득이가 주춤했습니다. 다음 순간 입술이 벙긋이 벌어진 재득이는 좋아라 승우 손에 나무패를 쥐여 주고 제자리로 갔습니다.

승우는 반 동무들이 입을 모아 히도츠(하나) 후다츠(둘) 미츠(셋)를 외치는 소리를 들어 가며 고스란히 손바닥 열 대를 맞았습니다. 다나카 선생님이 몽둥이를 뗐을 때 승우의 여린 손은 피멍이 들어 푸르뎅뎅했습니다.

엄마가 승우의 손을 보신 건 저녁 밥상머리 앞에서였습니다. 엄마와 누이들은 놀란 얼굴을 감추질 않았습니다. 그러나 승우와 겸상을 한 아버지는 힐긋 곁눈질을 하셨을 뿐 표정이 없었습니다. 엄마는 꼬치꼬치 캐물으셨습니다. 아무리 넘어져서 그랬다고 해도 영 곧이듣지를 않으셨습니다.

"선생님한테 맞았어요."

별수없이 털어놓았습니다.

"무엇 때문에?"

"조, 조선말을 했거든요."

"너만?"

"아니요."

승우는 끝내 더듬더듬 '위반'이라고 쓰인 나무패에 대해 말씀 드렸고, 엄마는 내내 입술을 잘근잘근 깨무셨습니다.

"승우야."

"예."

아들을 불러 놓고도 아버지는 잠자코 계셨습니다. 방 안엔 침묵이 흘렀습니다. 아버지는 슬픔이 담긴 눈으로 승우를 내려다보셨습니다.

누이들도 승우도 숟가락을 가만히 내려놓았습니다. 아버지는 두어 번 잔기침을 하셨습니다.

"오늘 보니 뒤울안에 복사꽃이 피었더구나. 승우야, 보았느냐?"

"예."

"아름답더냐?"

"예."

"그래, 꽃이 핀 나무는 다 아름답지."

아버지는 입을 꾹 다무셨습니다. 멀리서 아련히 전차 소리가 들려 왔습니다. 냉냉냉냉! 꼬마 전차는 설 때나 떠날 때나 그렇게 코맹맹이 종을 쳤습니다. 식구들은 다소곳이 고개를 숙이고 아버지의 다음 말씀을 기다렸습니다.

꽃잎으로 쓴 글자 15

"보아라."

자리에서 일어난 아버지가 들창문을 여셨습니다. 복사꽃이 쏟아져 들어왔습니다.

"두어 달 전 겨울에만 해도 저 나무엔 앙상한 가지밖에 없었다. 나무는 쌩쌩 부는 바람과 찬 눈을 고스란히 다 맞고 서 있었지. 꼭 죽은 것처럼. 그런 나뭇가지에서 저렇게 화사한 꽃이 필 줄 생각이나 했겠느냐?"

"……."

"아무도 몰랐을 게다. 그러나 나무는 아무리 모진 겨울일지라도 뿌리만 얼어 죽지 않으면 반드시 잎이 돋고 꽃을 피운다."

승우는 문득 서대문 감옥소가 떠올랐습니다. 아마도 '얼어 죽지 않으면'이라는 아버지의 말씀 때문이었나 봅니다. 아까도 오랏줄을 두르고 용수(죄수를 밖으로 데리고 다닐 때 얼굴을 보지 못하게 머리에 씌우던 갓의 한 가지)를 쓴 조선 사람들이 일본 순사한테 떠밀리어 감옥소로 들어가는 걸 보았습니다. 감옥소는 봄인데도 음산해 보였습니다. 문고리에 손이 척척 달라붙도록 추운 겨울에는 말할 것도 없습니다. 승우는 누더기 죄수복을 입은 어른들이 불도 안 때는 저 속에서 어떻게 꽁꽁 얼음이 어는 겨울을 견디어 내나 그게 늘 궁금했습니다. 큰누이가 살며시 승우의 옷깃을 잡아당겼습니다. 승우는 얼른 앞에 앉아 계신 아버지를 쳐다보았습니다.

"너희들은 아직 어려서 잘 모를 거다만 나라와 민족도 마찬가지란다. 승우야, 넌 나라와 민족의 뿌리가 무엇이라고 생각하느냐?"

"……."

"얼과 말과 글이다. 너희들은 얼빠진 놈이라고 욕하는 소리를 들었을 게다. 맞는 말이다. 얼이 빠진 사람은 정신이 빠지고 없으니 온전한 사람이 아니다. 얼과 말과 글, 그것만 있으면 아무리 모진 비바람에 시달려도 언젠가는 반드시 살아나 꽃을 피울 것이다. 저 복숭아나무처럼. 마음에 새겨 두거라."

아버지는 사랑으로 나가셨습니다. 방 안엔 여전히 무거운 침묵이 감돌았습니다. 승우는 노랗게 결이 든 장판지만 내려다보았습니다.

"승우야."

큰누이가 다정하게 불렀습니다.

"많이 아팠지?"

"괜찮아요."

"괜찮긴. 느네 담임 참 모질다. 어린애 손을 어쩌면 이렇게 되도록 때리니."

작은누이가 눈물을 글썽였습니다.

누이들은 먹다 만 저녁상을 치우러 부엌으로 나갔습니다. 곧이어 달그락거리며 설거지하는 소리가 들렸습니다. 도란도란 이야기하는 소리도 들렸습니다.

"이리 온."

엄마가 손을 벌리고 오라는 손짓을 하셨습니다. 승우가 다가가자 엄마는 저고리섶을 들치시고 가슴에다 승우의 두 손을 갖다 대셨습니다. 아직도 알알한 손바닥으로 뚝뚝 엄마의 심장 뛰는 소리가 전해 왔습니다. 승우는 피멍이 살살 풀리면서 아픔이 가시는 걸 느꼈습니다. 엄마는 승우의 머릿결을 가다듬어 주며 등을 토닥이셨습니다.

"승우야, 이담에 어른이 되거든 넌 시인이 되거라. 조선말 조선글로 가장 먼저 시를 쓴 시인이 되거라. 남을 밟고 올라서지 말고 남의 아픔을 잘 이해하는 시인이 되거라. 오늘부터 엄마가 글을 가르쳐 주마."

승우는 엄마 품에다 와락 얼굴을 묻었습니다. 오늘 엄마의 말씀이 왜 한숨처럼 들리는지 모르겠습니다. 엄마는 오래도록 승우를 안고 계셨습니다.

멀리서 냉냉냉, 전차가 지나갑니다.

"승우야, 잠시만 있거라."

옥색 치맛자락을 여미시며 엄마는 버선발로 사뿐히 방을 나가 뒤꼍으로 가셨습니다. 오래지 않아 치마 가득 꽃바람을 묻히시고 엄마는 방으로 들어오셨습니다. 엄마 손엔 복사꽃잎 소복한 백자 보시기가 들려 있었습니다.

엄마는 다락에서 귀한 손님이 오셨을 때만 내놓으시던 팔각 소반을 꺼내셨습니다. 그러곤 꽃잎으로 그 위에다 글자를 쓰셨습니다.

"산."

"하늘."

"별."

또랑또랑한 목소리가 방 안을 울렸습니다.

승우는 엄마가 쓰신 꽃글을 보았습니다.

'야마', '소라', '호시'로 불렀을 때는 아무렇지도 않았던 말들이었습니다. 그러던 것이 이제 '산'과 '하늘'과 '별'로 불리자 그 말들은 두렷두렷 살아나 승우에게로 왔습니다. 가슴이 울렁거렸습니다. 눈앞으로 환한 빛무리가 모여들었습니다.

그러자,

꽃잎으로 쓴 산이 우뚝 솟았습니다.

꽃잎으로 쓴 하늘이 새파래졌습니다.

꽃잎 별은 잘강잘강 맑은 소리를 냈습니다.

팔각 소반 위의 글자들은 향기롭고 보드랍고 고왔습니다.

아, 눈물!
엄마의 볼로 두 줄기 눈물이 흘러내리고 있었습니다.
승우는 꽃글이 쓰인 소반 앞에 무릎을 꿇었습니다.

방구 아저씨

1

방구 아저씨가 돌아가셨다. 봄비가 부슬부슬 처량맞게 내리던 날이었다. 이 날은 방구 아저씨가 귀빠진 날이기도 했다. 그리고 일본이 그 짧은 다리로 덜컥 하와이의 진주만을 기습해서 태평양 전쟁을 일으킨 지 일 년 넉 달하고 스무하루가 된 날이었다.

2

안골 마을에 목수인 김봉구 아저씨는 방귀쟁이입니다. 아이들만 보면 살금살금 다가가 엉덩이를 쑥 내밀고 뿡! 방귀를 뀝니다. 그러고는 점잖게, 싸우지들 말고 사이좋게 나눠 먹어라 그럽니다. 애들이 코 싸 쥐고 야단인 시늉들을 하면 또 번개처럼 옜다, 이건 덤이다! 한 번 더 얹어 줍니다. 방귀 덤을 들쓴 아이는 팔팔 뛰고, 동무들은 깔깔 배를 잡습니다.

조무래기 애들은 봉구 아저씨를 졸졸 따라다니면서 아저찌, 나 방구 나팔 한 번만! 조르기도 합니다. 아저씬 오냐, 알았다, 넙죽 업고는 논두렁 밭두렁 뛰어다니며 뿡! 뿡! 장단 맞춰 쏘아 줍니다. 이래서 봉구 아저씨는 방구 아저씨가 되었습니다.

방구 아저씨는 꽃상여를 넣어 두는 곳집 근처에서 혼자 삽니다. 돌림병에 식구들을 몽땅 잃은 지 십수 년이 지났지만 통 장가 갈 생각을 안 합니다.

"아, 이댐에 죽으면 제사 지내 줄 아들 하나는 건져야 허잖어?"

이웃들이 걱정을 해도 소웃음만 웃습니다.

방구 아저씨는 마른버짐 허옇게 솟은 안골 아이들을 자식처럼 보살핍니다. 공출로 농사지은 것 거의 다 빼앗기고 끼니를 거르는가 싶으면 시래기죽일망정 넌지시 불러다 먹이고, 나무를 하러 먼 데 산으로 가면 등에 꼭 맞는 지게도 만들어 줍니다.

3

 오늘 밤도 방구 아저씨네 방은 놀러 온 아이들로 그득합니다. 곳집의 지붕만 보아도 간이 오그라들고 손금마다 조르륵 땀이 솟지만(잘금잘금 오줌이 나올 때도 있습니다) 아이들은 스무 걸음 전부터 눈 질끈 감고 숨도 안 쉬고 뛰어옵니다. 그 때마다 방구 아저씨는 벌레 먹은 콩이라도 꿍쳐 두었다가 볶아 내곤 합니다.

 근동에 고래등 같은 기와집은 다 방구 아저씨 손끝에서 생겨났으면서도 정작 아저씨네 집은 머리를 수그리고서야 겨우 드나드는 오막집입니다.

 "먼저 간 식구들한테 미안해서 여태 못 지으신 거야."

 "아냐, 장가 가면 지으려고 아직 안 지으신 거야."

 택조랑 윤서가 서로 우기자 코찔찔이 길만이가 냉큼 끼어듭니다.

 "아저씨네 집은 왜 안 지어요?"

 "내 집? 허허허, 내 집은…… 낭중에…… 세상 좋아지면 지을 거여."

 "아저씨, 세상이 좋아져요?"

 애늙은이 희철이가 도리질을 합니다.

 징병이다 징용이다 하면서 밭에서 일하다가도 끌려가는 세상입니다. 공출도 뻔질나서 기름진 쌀은 다 일본으로 실어 가고 대신 주는 배급쌀엔 싸라기가 늘었습니다. 그러더니 그것마저 비행기 기름용으로 짜고 남은 콩깻묵을 끼워 주며 양을 줄였습니다. 우물집 두섭이네도 견디다 못해 개다리소반 등짐에다 깨진 바가지 주렁주렁 매달고 만주로 떠났습니다. 이젠 총알을 만든다고 놋그릇 놋대야에 돌쟁이 숟가락까지 훑어 갑니다.

"그래도…… 좋은 세상은…… 꼭 온다. 봐라, 밖은 지금…… 캄캄한 밤이다. 허지만…… 한잠 자고 나면……아침이 와 있지 않던?"

방구 아저씨는 눈을 끔뻑이며 느릿느릿 말했습니다. 그러면서 열흘 붉은 꽃 없고 달도 차면 기우는 법이라고 쥐 오줌 얼룩진 천장을 보고 중얼거렸습니다.

4

머리에 난 부스럼 같던 구름들이 잿빛을 띠자 하늘은 금세 얼굴을 찌푸렸습니다.

"봉구, 집에 있는가?"

"이장이 웬일이오?"

방문을 열던 방구 아저씨가 떨떠름한 표정을 합니다. 이장은 마을일을 한답시고 집집이 살펴다가는 일본 관리한테 일러바치기 일쑤입니다. 두섭이네가 농사지을 땅을 빼앗기고 떠난 것도 이장의 입김 탓이라고 방구 아저씨는 믿고 있습니다.

"더러운 꼬라지들 안 보고 훌훌 잘 떠났지."

방귀만 뀌어 주면 깔깔거리던 어린 두섭이가 아삼아삼 눈에 밟힐 때마다 방구 아저씨는 그렇게 되뇌었습니다. 그러다가도,

"이장 그놈의 염소 수염을 그냥!"

하고 곰방대로 나무 재떨이를 타타탁 두들겼습니다.

"왜, 난 자네 집에 오면 안 되나?"

이장이 암상스레 대꾸를 합니다. 그러더니 마루에 척 걸터앉아 쌈지부터 꺼냅니다.

"할 말이 뭐여?"

방구 아저씨가 퉁명을 떱니다. 그러거나 말거나 이장은 양볼이 쏙 들어가게 곰방대를 빨고서야 입을 엽니다.

"이번에 내려온 산림관이 자네 소문을 들은 모양이여."

이장은 히라노 그 사람 별종이다, 조선 거라면 사족을 못 쓴다, 아 글쎄 요강까지도 신줏단지 모시듯 모셔 놓았다니까 어쩌구 구시렁거리며 혼잣말을 하더니,

"방에 있는 장 말여, 그 사람헌티 넘기지 그랴."

하고 본심을 털어놓았습니다.

"무슨 소리여? 자네, 앞잽이 노릇도 모자라 이젠 거간꾼 노릇까지 허려나?"

방구 아저씨가 방문을 소리나게 닫았습니다. 이장은 새우눈 꼬리 샐쭉해 가지고 염소 수염 바르르 떨며 사립문을 나갔습니다. 그랬지만 이틀이 멀다 하고 찾아와 졸라 댔습니다. 방구 아저씨는 산처럼 꿈쩍을 안 했습니다. 대신 윗목에 놓인 괴목장을 반들반들 닦았습니다.

그럴 때 백동 은나비 괴목장은 말합니다.

'내가 나무였을 때 파란 날개를 가진 새한테 말했지요. 누군가 날 따뜻한 눈으로 보아 주는 그런 곳에서 살고 싶다고.'

그럴 때 방구 아저씨는 안동으로 떠나던 그 날의 소리를 듣습니다.

'아부지, 돈 많이 벌어 갖고 얼릉 와!'

'몸조심허세요, 당신!'

나비처럼 팔랑거리는 자식들의 손짓을.

은나비로 와 앉은 수줍고도 먼 아내의 목소리를.

방구 아저씨는 주먹으로 쾅쾅 가슴을 칩니다. 뼛속에 새겨진 사랑하는 아이들의 눈망울과 사시사철 맨발이었던 착한 아내가 너무나도 그리워서.

방구 아저씨가 처음 목수일을 배울 때, 아내는 열일곱 고운 새댁이었지요.

　그랬건만 그 때도 먹구름 뒤덮인 세상인지라 살림살이는 쪼그랑 오이였지요.

　새댁은 구정물에 손등 마를 새 없이 품을 팔아 살림을 꾸렸지요.

　식구가 불어났어도 여섯 입에 풀칠은 여전히 발바닥에 불이 나도록 종종거린 아내 덕분이었지요.

　경상도 안동으로 집을 지으러 갔다가 삼 년 만에 허위허위 돌아왔을 땐 사립문 밖에서부터 자식들 이름을 불렀지요.

　하지만 댑싸리 울타리 둘러친 초가집은 잠잠했지요.

　지붕 위에 풀들만이 야윈 손을 흔들었을 뿐이지요.

　"어쩌겄나, 명들이 고것뿐이니."

　노인들이 나서서 위로를 했지만 몇 날 며칠을 물 한 모금 안 마셨지요.

　보름 만에 정신을 차리고 나서도 방 안에만 틀어박혀 있었지요.

　낮밤을 잊은 수염은 웃자라 턱을 가리고 붉은 실핏줄 내비친 두 눈은 퀭했지요.

　죽은 아내의 생일날 방구 아저씨는 백동 은나비 장식이 화사한 괴목장을 제물로 바쳤지요.

　장 안엔 고이 접어 넣은 노랑 저고리 다홍 치마 한 벌.

　지지리 고생만 하다 간 아내에게 처음으로 준 선물이었지요.

　그런데 지금 그 장을 일본 산림관한테 넘기라고 이장은 저리도 끈덕집니다.

　기다려도 안 되자 하루는 히라노 그 사람이 말을 타고 찾아왔습니다. 그는 말 안장 위에 등을 꼿꼿이 펴고 앉아 사립문 이쪽에 방구 아저씨랑은 눈도 마주치지 않았습니다. 괜히 이장만 연방 허리를 구부리며 손바닥을 비빕니다.

　"자네, 쌀 두 말 값이면 충분허겠제?"

　이장이 찡긋 눈짓을 합니다. 그냥 빼앗아 가도 할 말이 없을 판인데 이 정도면 여러 말 말라는 뜻입니다.

　"뭐 쌀 두 말 값? 이봐, 그 장은 애들 엄마 목숨이여."

　방구 아저씨가 버럭 소리를 질렀습니다. 갈색 말이 놀라 껑청 앞발을 듭니다. 말갈기를 부르르 떨고는 히잉! 긴 울음도 웁니다. 그러더니 거무튀튀한 주둥이 비틀어 누런 넙적니를 내보이며 한바탕 투레질을 합니다. 히라노는 그 자리에서 갈색 말을 돌렸습니다. 그러곤 나지막한 토담길을 뚜벅뚜벅 등 꼿꼿이 세우고 갔습니다.

5

 갓 스물에 일본에서 순사가 되자마자 읍내로 온 이또오는 새파랗게 젊습니다. 봄비가 부슬부슬 내렸지만 이또오는 새벽같이 찾아와 방구 아저씨를 깨웠습니다.
 "당신 목수 맞지?"
 "그렇소."
 "역시 목재가 필요하겠군. 그래서 허가 없이 나무를 베었나?"
 "난 그런 일 없소."
 "없어? 그럼 우리 대일본의 산림관이 거짓말을 했단 말이야 뭐야?"
 이또오가 다짜고짜 방구 아저씨의 뺨을 갈겼습니다. 이또오는 자기를 순사 나으리라고 부르지도 않고 굽실거리지도 않는 방구 아저씨가 괘씸했습니다.
 "방 안에 있는 저 장도 얼마 전에 마음대로 나무를 베어 만들었다며?"
 "당신네 나라에서는 금방 벤 나무로 장을 짜오?"
 서툴다 싶던 방구 아저씨의 일본말이 물처럼 쏟아져 나왔습니다.
 "뭐? 당신네 나라? 대일본제국과 조선은 하나라는 걸 아직도 모르나? 이거 불령 선인(불평 불만을 품고 제 마음대로 행동하는 조선 사람) 아냐? 둘 다 조사할 게 있으니 저 장 지게에 지고 따라왓."

이또오는 들고 있던 곤봉으로 방구 아저씨의 가슴을 쿡쿡 찍었습니다. 방구 아저씨 이마에 불뚝 시퍼런 힘줄이 솟았습니다.

"네 이노옴, 이 버르장머리 없는 놈. 어디 와서 함부로 행패냐, 행패가."

조선말! 그것은 조선말이었습니다.

눈 깜짝할 사이에 멱살을 잡힌 이또오가 붕 날았습니다. 그러곤 빗물 스민 마당에다 코를 박았습니다. 이또오는 진흙투성이 얼굴로 퉁기듯 일어났습니다.

"조센징 주제에 감히! 바카야로!"

이또오의 곤봉이 방구 아저씨 머리를 내려쳤습니다.

조선 사람 앞에만 서면 갑자기 어깨에 힘이 들어가는 이또오. 이또오의 나무 곤봉은 그 순간 쇠 곤봉이 되었습니다.

"억!"

방구 아저씨가 풀썩 무릎을 꿇었습니다. 피가 울컥울컥 솟아 얼굴로 흘렀습니다. 잠시 그대로 있던 방구 아저씨가 스르르 무너졌습니다. 부릅뜬 눈엔 봄비 내리는 하늘이 가득 찼습니다.

"아이쿠머니나!"

사립문을 들어서던 이웃에 순분 엄마가 미역국 그릇을 동댕

이치며 달려들었습니다. 그러나 방구 아저씨는 이미 이 세상 사람이 아니었습니다.

그 날로 방구 아저씨는 거적때기에 두르르 말려 가족들 옆에 묻혔습니다. 정수리가 뻥 뚫린 채였습니다. 서슬 퍼런 순사들 눈초리에 꽃상여도 타질 못했습니다.

곳집 옆에서 일생을 살고도 꽃상여 한 번 못 타 본 방구 아저씨!

이제 가면 언제 오나, 어허 어허, 구슬픈 요령 소리도 듣지 못한 채 그렇게 방구 아저씨는 떠났습니다. 희철이, 택조, 윤서, 길만이가 눈물 콧물 범벅이 되어 그 뒤를 따랐습니다. 이또오를 '이 똥아.' 속으로 이 갈면서 아이들은 따라갔습니다. 봄비 그치자 달려온 흰구름도 둥둥 따라왔습니다. 하지만 아저씨의 방귀 자국 같은 흰구름을 고개 숙인 아이들은 보지 못했습니다.

6

해가 뜨고 달이 지고. 어느 계절엔 바람 불고 눈비 내리고. 그러면서 세월은 흘러갈 겁니다. 꽃 피고 새 울고 무지개도 뜨면서 세월이 흐르면 방구 아저씨는 한 줌 흙이 되고 백골이 되겠지요.

그러나 방구 아저씨의 백골 맨 꼭대기에는 뻥! 구멍이 나 있을 겁니다. 새파랗게 젊은 일본 순사가 조선 사람이었기 때문에 열 배의 힘을 넣어 내려친 곤봉 자국을, 막 오십 줄에 들어섰던 방구 아저씨는 영원히 가지고 있을 겁니다. 영원히!

꽃을 먹는 아이들

　점심은 우메보시에다 단무지 두 쪽으로 간단히 끝났다. 겐지는 좁다란 마루를 지나 제 방으로 왔다. 창 밖 멀리 후지 산 봉우리가 보였다. 겐지는 "안녕, 후지짱!"이라고 말해 주었다. 풀빛이 새포름이 도는 다다미가 상쾌했다.

　"보옥중아 도령님, 보옥중아 도령님……."

　노래가 나왔다. 발로 다다미를 타닥 굴러 박자를 맞추었다. '허리에 매단 기비떡을'이라고 부를 때는 연거푸 타다닥 발을 굴렀다. 뒤따라 들어온 동생들이 깔깔거렸다. 달그락거리던 설거지 소리가 뚝 끊겼다.

"히로세 겐지!"

엄마의 목소리가 방으로 날아왔다. 엄마가 성과 이름을 함께 부를 땐 주의를 줄 게 있다는 표시이다. 역시 엄마의 잔소리가 쏟아졌다.

"겐짱, 먼지 난다. 발 구르지 마라. 동생들 앞에서 그러면 그 애들이 뭘 배우겠니? 역대 천황폐하 외우기 숙제는 다 했지?"

"아직이야."

겐지가 당연하다는 듯이 말했다.

"엄마, 아직이래."

동생 둘이 합창을 했다. 겐지는 놀려 대는 동생들을 향해 주먹을 흔들어 보였다. 엄마의 목소리가 높아졌다.

"지난번에도 못 외워서 선생님한테 혼났잖아. 또 그럴 거야?"

물 소리가 다시 들렸다.

"재미 읎저."

"숙제를 재미로 해?"

"짏어, 그 따위 죽제는."

"또 또! 짏어가 아니라 싫어야, 죽제는 숙제라고 해야지. 말을 똑똑히 해라. 친구들이 놀리면 어쩌려고 그러니!"

"엄마가 날 혀 짧은 아이로 낳아 놓고전 뭘."

"또 그 소리. 고치려고 애를 좀 써 봐. 겐짱, 역대 천황폐하를 알아야 하는 건 일본 백성들의 도리란다. 자, 엄마가 먼저 할 테니 따라 해 봐라."

엄마가 목청을 가다듬었다.

"진무, 수이제, 안네에, 이또끄……."

겐지는 천황폐하의 이름을 못 외워서 번번이 손바닥을 맞고 왔다. 그걸 본 엄마는 아빠한테 부탁해서 한자로 된 천황폐하 이름에다 일본말 토를 달아 놓고는 틈틈이 외웠다.

"……케에코오, 세에무, 츄우아이, 오오진, 닌또끄……."

엄마는 아주 열심이었다.

"개코, 새무, 추운 아이, 오징어, 니떡……."

동생들이 엄마를 흉내냈다.

"후후훗."

웃음이 나왔다.

'바보들.'

겐지는 살금살금 방을 나와 뒷문을 밀었다. 밖은 바로 정원이었다.

"보옥중아 도령님, 보옥중아 도령님……."

게다를 신은 발로 탁! 땅을 굴렀다. 대나무 잎이 건듯 부는 바람결에 흔들렸다. 그림자가 잠깐 뜰을 쓸었다.

"허어리에 매단 기비떡을 하나만 나한테 주제요. 주제요, 주제용."

엉덩이를 빼고 발을 구르는데 뒤통수가 따가웠다. 겐지는 돌아서서 나무로 된 담을 살폈다. 작은 구멍으로 까만 눈이 뚫어져라 들여다보고 있었다.

"누구얏?"

디딤돌을 밟고 올라섰다. 겐지 또래의 여자 애가 빤히 올려다보았다. 하얀 저고리에 검정색 치마. 여자 앤 한 마리의 학이었다. 겐지는 빈 병 망태기를 등에 진 여자 애를 훑어보았다. 양 손에 들고 있는 병들은 지저분했다. 그랬지만 갸름한 얼굴이 하얀 게 눈이 부실 만큼 예뻤다.

"넌 누구니?"

"……."

여자 애가 휙 돌아섰다. 그러더니 눈 깜짝할 사이에 골목 안으로 사라졌다. 너무 갑자기 사라져서 마치 골목이 여자 애를 빨아들인 것 같았다.

'고물을 주워다가 파는 조센징?'

고개를 갸우뚱하는데 땅이 울렸다. 콩콩콩, 골목을 뛰어가는 소리였다.

"휴우, 지진인 줄 알았네."

겐지는 가슴을 쓸었다. 그러곤 여자 애가 사라진 골목 쪽으로 목을 빼고서 큰 소리로 복숭아 도령을 불렀다.

다음 날 학교가 끝나고 집으로 돌아오던 길이었다. 회생 의원의 우찌무라 원장님이 자전거를 타고 왕진을 가고 있었다.

"곤니찌와(안녕하세요)!"

꾸벅 인사를 하고 났을 때였다. 저만치서 검정색 치마가 펄럭였다. 어제처럼 등에다 빈 병 망태기를 멘 그 여자 애였다. 겐지의 눈이 반짝 빛났다. 겐지는 멀찍이서 슬슬 따라가기 시작했다.

"보옥중아 도오령니이임, 보옥중아 도오령니이임, 허어리에 매애단 기이비떠억으을……."

여자 애의 어깨 너머로 가만가만 노래가 흘러왔다. 노래는 느릿느릿 기운이 없었다. 그래서인지 쓸쓸하고 슬펐다.

'복중아가 아니고 복숭아야.'

유독 빈 병만을 주워 망태기에 넣던 여자 애가 경찰서를 지나 언덕진 곳으로 접어들었을 때 겐지는 문득 그렇게 말하고 싶어졌다. 그러나 이내 얼굴을 붉혔다.

'복중아가 아니고 복중아야.'

혀 짧은 소리를 할 게 뻔해서였다. 여자 애가 종이 공장 왼편으로 꺾어들고 있었다. 겐지는 주춤 걸음을 멈췄다.

"겐짱, 종이 공장 뒤쪽으로는 절대로 가지 마라. 그 쪽 언덕 너머엔 조센징들이 모여 산댄다."

엄마는 짬짬이 닦달을 했다. 소나무가 그려진 밥공기에다 아침밥을 푸면서, 한 손으로 주전자 뚜껑을 막고 김이 모락모락 오르는 오차를 따르면서, 어떤 때는 이부자리를 깔아 주면서도.

겐지가 물었었다.

"엄마, 왜 가면 안 돼?"

"마늘 냄새가 지독하게 나거든."

엄마가 얼굴을 찡그렸다. 동생들이 코를 싸 쥐고 웩웩거렸다.

"그 사람들은 목욕을 잘 안 해서 더럽고 지저분해. 게다가 걸핏하면 큰 소리로 싸움질이나 하고. 아무튼 무서운 사람들이니 조심해."

엄마는 고개를 절레절레 흔들었다.

여자 애의 노래는 점점 멀어져 갔다. 여전히 기운 없고 쓸쓸하고 슬프게. 겐지는 다시 성큼 걸었다. 공장을 끼고 도는 길이 끝나자 이제 막 연둣빛으로 싹이 튼 밭이 나왔다. 집들 사이에 있는 텃밭이었다.

"보옥중아 선생님, 보옥중아 선생님……"

무밭을 지날 때 여자 애는 가사를 바꾸어 불렀다. 곡조도 빨라졌다. 그 애는 또 겐지처럼 발도 굴렀다. 엉덩이를 쑥 뺄 때는 망태기 안의 병들이 부딪쳐 맑은 소리를 냈다.

"쿡."

겐지는 얼른 제 입을 막았다. 손가락 사이로 와라락 소리 없는 웃음들이 쏟아졌다.

여자 애가 뛰었다. 맨 끝의 밭고랑이 야트막한 둔덕과 닿아 있는 곳에서였다. 집이 가까웠나 보다고 생각하면서 겐지도 걸음을 빨리했다. 분홍 진달래가 보였다. 그리움처럼.

여자 애가 꽃 위로 허리를 굽혔다. 겐지는 얼른 나무 뒤에다 몸을 숨겼다. 들고 있던 병을 조르륵 내려놓는 게 보였다. 큼큼 향내를 맡는 소리가 잡힐 듯 들렸다. 그런데……, 여자 애는 진달래꽃을 댕강댕강 따더니 입에다 넣었다.

'저런, 꽃을 먹다니!'

이상한 애라는 생각이 들었다.

'배가 고팠나?'

어떤 맛일까를 생각했을 때였다.

"따악!"

돌멩이가 날아와 나무를 때렸다. 오줌을 눌 때처럼 나뭇가지가 조금 진저리를 쳤다.

"하하하하."

꽃을 먹는 아이들

여자 애가 웃었다.

'들켰구나!'

겐지는 퉁기듯 나무를 빠져 나왔다. 그러고는 오던 길을 죽어라 달렸다. 필통 안에 연필들이 숨넘어가는 소리를 했다. 또르르 구르던 여자 애의 웃음이 줄곧 뒤통수를 간질이며 따라왔다.

씽씽씽, 바람이 이마를, 뺨을, 기분 좋게 스치고 지나갔다. 하늘이 파랬다. 방금 물에서 건져 낸 듯이.

겐지는 눈 깜짝할 사이에 둔덕까지 뛰었다. 바람에 노란 꽃이 까딱였다. 민들레였다. 달리다 말고 꽃잎을 따 입에 넣었다.

"에퉤퉤!"

겐지는 입 안의 침까지 모조리 뱉어 냈다. 실실실, 웃음이 나왔다.

집으로 돌아온 겐지는 부엌부터 기웃거렸다.

"엄마, 우리 집에 빈 병들 있지?"

"빈 병은 왜?"

"그냥."

겐지는 구석구석에 있는 병들을 챙겼다. 그래서는 뽀드득 소리나게 닦고 닦아 쓰레기통 옆에다 세워 놓았다.

"겐짱, 웬일이니? 엄마를 다 거들고."

엄마는 그저 대견해했다.

겐지는 빈 병이 있을 때마다 닦아서 내놓았다. 일주일 후에도, 한 달 뒤에도.

대나무 잎사귀가 더욱 푸릇푸릇해진 어느 날이었다. 겐지는 그 날도 빈 병을 닦아 쓰레기통 옆에다 놓고는 학교로 갔다. 학교에서 돌아오던 겐지는 아침에 내다 놓은 병 하나에 진달래가 꽂혀 있는 것을 보았다. 대문 구석에 얌전스레 놓인 분홍 진달래는 방금 꺾은 것같이 싱싱했다.

겐지는 꽃병을 집어 들었다. 꽃이 하르르 떨렸다. 여자 애가 꽃 속에서 진달래빛으로 웃고 있었다. 겐지는 꽃병을 가슴에다 품고 살짝 제 방으로 갔다. 엄마가 물을까 봐 잘 다녀왔다는 인사도 안 했다.

꽃병을 책상 위에다 올려놓았다. 방이 금방 환해졌다. 겐지는 몰래 집을 나와서는 곧장 종이 공장 뒤로 갔다. 공장 뒤 공터엔 작달막한 코스모스가 무더기로 나 있었다. 코스모스 사이사이에다 애꿎은 발자국을 수도 없이 찍으며 겐지는 여자 애를 만나면 뭐라고 말할까를 생각했다. 아무리 기다려도 여자 애는 오지 않았다. 속이 탔다. 겐지는 조촘조촘 둔덕을 넘기 시작했다.

조선 사람들이 사는 부락은 한참을 더 가서야 나타났다. 하나같이 낡고 찌그러진 집들이었다. 대문도 짝짝이었다. 험상궂은 사람이 짝짝이 대문을 박차고 나와 금방이라도 멱살을 움켜잡을 것 같았다. 겐지는 머리털이 곤두서는 걸 느끼며 으슥한 곳을 찾아 몸을 숨겼다. 그리고 살폈다.

아기 울음소리, 아이들 떠드는 소리가 들렸다. 빨랫줄에 빨래도 너울거렸다. 개들은 늘어지게 하품을 하며 양지 쪽에 누워 있고, 닭들은 빨간 벼슬을 치켜들고 콕콕 암팡지게 모이를 쪼아 댔다. 그리고 꼬리가 멋들어진 수탉은 가끔 생각난 듯이 꼬끼오! 하고 울었.

'여기도 사람이 사는 곳이야.'

겐지는 그제야 마음을 놓았다. 그러곤 여자 애네 집이 어딘지를 찾아보았다. 알 수가 없었다. 엄마의 말대로 집들은 더럽고 지저분했다. 그렇지만 마늘 냄새 같은 것은 나지 않았다. 휴우! 겐지는 손바닥으로 제 가슴을 쓸었다.

빈 병을 닦아서 밖에다 내놓는 일은 계속되었다. 진달래가 지고 나서도 빈 병에 꽃이 꽂혀 있는 일은 계속되었다.

어떤 때는 노오란 민들레가.

어떤 때는 진분홍 렌게 꽃이.

9월 초하루 토요일이었다. 아침부터 유난스레 습기가 차고 날씨가 무더웠다. 그래서인가 시원한 바람이 나무를 흔들 때마다 목청껏 매미들이 울어 댔다.

"겐짱은 오늘 학교에 못 갈 것 같아요. 배탈이 나서 밤새 끙끙 앓았거든요."

무릎을 꿇고 앉아 국을 뜨던 엄마가 아빠를 돌아보았다.

"뭘 잘못 먹었기에 그래?"

"어제 먹은 생선이 좀 안 좋았나 봐요."

"약은 먹었지? 그럼 집에서 푹 쉬거라."

아빠가 겐지를 보며 말했다.

겐지는 아침을 먹는 둥 마는 둥 하고는 방으로 들어와 누웠다.

"다녀오리다."

"엄마, 다녀오겠습니다."

현관이 소란스러워졌다. 겐지는 식구들의 인사가 정답다고 느끼며 눈을 감았다.

아빠는 시청으로 출근하시고 동생들도 모두 학교로 가고 나자 집 안은 절간처럼 조용해졌다. 가끔 뒤뜰 대나무 위에서 매미가 자지러질 듯이 울어 댔다. 겐지는 그 소리를 들으며 스르르 단잠에 빠져들었다. 배가 아파 밤새 잠을 설친 겐지는 어느새 가르랑 가르랑 코까지 골았다. 눈을 뜨고 보니 시계가 열한

시 반을 가리키고 있었다.

"겐짱, 간장 좀 사 와라."

점심을 준비 중이던 엄마가 심부름을 시켰다.

"엄마, 난 배가 아파 학교도 결석했저."

"겐짱, 지금은 괜찮잖아. 살살 다녀와."

"심부름은 왜 만날 나야?"

겐지는 입부터 내밀었다.

"겐짱, 그럼 밥하다 말고 내가 가?"

엄마가 달랬다. 겐지는 큰길가에 있는 가게에 가서 간장을 샀다. 하지만 심술이 났다는 걸 보이기 위해서라도 집에는 좀 천천히 들어갈 작정이었다. 겐지는 간장병을 든 채 종이 공장 뒤 공터로 갔다.

코스모스는 그새 훌쩍 키를 넘고 있었다. 성미 급한 열 예닐곱 송이는 벌써 활짝 피어 있었다. 날씨는 좀 더웠지만 9월의 하늘이랑 코스모스는 잘 어울렸다. 코스모스 위로 잠자리가 떼를 지어 날았다.

"훠이!"

머리 위에서 빙빙 도는 까마귀를 쫓을 때였다. 여자 애가 가까이 오는 게 코스모스 사이로 보였다. 그 앤 시골뜨기 일본 애처럼 바지 끝을 오므려 단추를 단 몸뻬를 입고 있었다. 하지만 눈썹 아래까지 내려온 단발머리가 자로 잰 듯 가지런했다. 깔끔해 보였다. 겐지의 가슴이 후르르 떨렸다. 여자 애는 코스모스 앞에서 걸음을 멈추었다. 꽃 속에 숨은 겐지가 키를 줄였다. 여자 애 손에 갓 피어난 코스모스꽃이 뎅거덩 잘렸다. 꽃잎을 하나하나 떼어 내던 여자 애는 그걸 한꺼번에 입에다 털어 넣었다. 겐지도 손을 뻗어 뎅거덩 꽃을 잘랐다. 이번에는 여자 애가 키를 줄였다. 그게 옆눈으로 보였다. 겐지는 꽃잎을 떼어 저도 입에다 한꺼번에 털어 넣었다.

"쿡!"

꽃 저 쪽에서 여자 애가 웃음을 터뜨렸다.

"보옥중아 도령님, 보옥중아 도령님……."

간장병을 등 뒤에 감춘 겐지가 복숭아 도령을 흥얼거렸다.

그 때였다. 갑자기 몸이 심하게 흔들렸다. 사오 초쯤 지났을까? 몸이 사정없이 요란을 떨며 앞뒤로 흔들렸다. 땅도 코스모스도 여자 애까지도 그랬다.

"지진이닷!"

겐지가 소리쳤다. 동시에 깊은 곳 어딘가에서 분노에 찬 비명이 폭발하는 그런 소리가 났다.

"뛰엇!"

겐지는 여자 애를 향해 외쳤다. 그러고는 달렸다. 안전한 곳을 찾아야 한다는 한 가지 생각뿐이었다.

"파괴, 파괴다!"

땅이 무시무시한 입을 벌리고 외쳐 댔다. 아라가와 강 물과 멀리 봉우리 끝만 보이던 후지 산이 으르르 몸부림을 쳤다. 집들이, 소방서가, 극장이, 병원이, 생긴 지 얼마 안 되는 학교가 연기와 불길에 휩싸였다. 마침 점심때라 집집마다 불을 사용하고 있어서 불길은 더욱 걷잡을 수가 없었다. 대부분이 나무로 된 집들은 폭삭 내려앉거나 휴지 조각처럼 구겨져 버렸다. 아우성, 아우성이 들끓었다.

얼마를 그랬을까.

하늘이 점점 어두워지고 있었다. 그러나 불타는 집들로 동네는 대낮 같았다. 공기도 타고 있나 보았다. 사방 어디나 뜨거웠다. 뜨거워서 그대로 있을 수가 없었다. 겐지는 아라가와 강을 향해 달렸다. 땅은 지진이 끝난 뒤에도 계속해서 부르르 부르르 몸을 떨었다. 겐지가 오른손 새끼손가락이 없어진 걸 안 것은 지쳐서 어딘가에 주저앉은 다음이었다. 피투성이의 손을 보고 난 뒤 겐지는 정신을 잃었다. 눈을 떴을 때는 다음 날이었다.

이튿날의 세상은 어제와 딴판이었다. 살아 남은 사람들도 정신이 나간 모양들이었다. 겐지도 어디가 어디인지 도무지 알 수가 없었다. 지나가는 아주머니들이 다 엄마로 보였다. 겐지는 달려가 팔을 잡았다. 그러나 엄마는 그 어느 곳에도 없었다. 무서웠다. 무서워서 울 수도 없었다. 겐지는 식구들을 찾으려고 사람이 있는 곳이면 어디고 비집고 들어갔다.

"관동 지방이 지진으로 불바다가 된 틈을 타 불만을 품은 조센징들이 폭동을 일으키니 시민들은 엄중히 경계하라."

유카타에다 조오리를 한 쪽만 신은 사람이 경찰서장 이름으로 된 포고령을 더듬더듬 읽고 있었다. 사람들이 겁먹은 소리로 웅성거렸다. 키 작은 남자가 외쳤다.

"오늘 계엄령이 선포됐어요. 오전 세 시에 발표된 후나바 시 해군 무선국에 의하면 조센징들이 각지에서 방화 약탈을 하고 있대요. 그러니 엄중 수배하랍니다."

"뭐라고요? 센징들이 폭동을요?"

"방화에다 약탈까지요?"

"4년 전에도 경성(서울)에서 3·1 만세 사건을 일으키더니……."

사람들은 놀란 입을 다물지 못했다.

'난 센징의 뺨을 때린 일이 있어.'

'난 돈 한푼 안 주고 부려먹었어.'

발이 저린 사람들이 지레 겁을 먹고 떨기 시작했다. 혼란을 틈타 복수를 할지도 모른다는 생각들이 마음에서 마음으로, 입에서 입으로 빠르게 퍼져 갔다.

"큰일났다. 조센징들이 우물에다 독을 뿌렸다!"

"탄광에 조센징들이 다이너마이트를 훔쳐서 집단으로 공격해 온다!"

"벌써 군대랑 싸움이 시작됐다!"

근거를 알 수 없는 소문들이 쏟아졌다.

"여러분, 우리도 당할 수만은 없어요. 스스로 우리를 지키도록 자경단을 조직합시다."

"옳소, 옳아요. 모두들 무기를 들고 모입시다."

사람들이 미친 듯 외쳤다. 걷어붙인 팔뚝엔 불뚝 힘줄이 돋고 핏발 선 눈엔 독기가 철철 넘쳤다. 사람들은 손에 손에 죽창과 일본도를 들고 모여들었다. 어떤 이는 군복에다 낫을 차고 왔고, 어떤 이는 일할 때 입는 검은색 납비에다 괭이를 들고 왔다. 몽둥이를 손에 든 아이들도 끼어 있었다. 겐지는 입술이 바짝바짝 탔다. 지진이 일어났을 때보다 더 큰 공포가 온몸을 휩쓸었다.

길 건너쪽에서 몸을 묶인 조선 사람이 끌려오고 있었다.

"죽여!"

"죽여 버려!"

사람들이 와! 몰려갔다. 겐지는 그 자리를 피해 무작정 뛰었다. 군대가 지나갔다. 헌병도 보였다. 사람을 가득 태운 트럭 한 대가 재먼지를 날리며 달려왔다. 무장을 한 남자들이 트럭을 세웠다. 자경단 몇 사람이 뿌리째 뽑힌 나무를 들어다 길을 막았다.

"폭동을 일으킨 조센징들을 찾고 있다. 다 내려 조사를 받아라."

"우린 모두 피난민들이오. 지진 때문에 도망가기도 정신이 없는데, 도대체 우리가 무슨 폭동을 일으켰다고 이 야단들이오?"

트럭에서 내리던 조선 사람이 맞고함을 질렀다.

"저놈부터 죽여!"

누군가 외쳤다. 그 사람은 비명을 지를 새도 없이 땅에다 머리를 박았다.

"어서 폭도들을 가려 내자."

자경단 사람이 소리쳤다. 조사가 시작되었다.

"10엔 50전이라고 말해 봐라."

"주엔 고주센."

한 사람이 벌벌 떨며 말했다.

"센징이다! '주' 자 발음이 우리하고 다르다."
퍽 소리가 났다. 비명이 하늘을 찔렀다.
"아 이 우 에 오를 말해 봐라."
"소리가 이상하다."
"죽여."
아직도 검은 연기가 덮인 폐허 속을 조선 사람들이 뭉턱뭉턱 나뒹굴었다. 시체가 금방 산더미를 이루었다. 피가 냇물이 되어 흘렀다.

'미쳤다, 다 미쳤다.'

겐지는 귀를 막고 부들부들 떨었다. 이틀 전까지만 해도 친절하고 성실하던 이웃들이었다. 그러던 사람들이 하루 아침에 살인마로 변해서 함부로 조선 사람들을 죽이고 있었다. 겐지는 뭐가 뭔지 알 수가 없었다. 지금 일어나고 있는 일들을 믿을 수가 없었다. 겐지는 제 머리를 쥐어뜯었다.

"어이, 거기 키 큰 놈, 천황폐하가 내려 주신 교육 칙어를 외워 보아라."

"네에? 저, 저 말입니까?"

구경을 하던 젊은 남자가 새파랗게 질려서 손가락으로 제 코끝을 가리켰다.

"저는 일본 사람이고 대학생입니다. 여기 학생증도 있어요.

내 본적은……."

"그런데 그렇게 키가 커? 잔소리 말고 어서 외우기나 해."

옆에 있던 사람이 몽둥이로 허리를 내려쳤다. 대학생은 윽 소리를 깨물며 눈을 감았다. 목소리가 떨려 나왔다.

"짐이 생각건대 우리 황실의 선조가 나라 세우기를 크고 멀리, 덕을 깊고 두텁게 하였도다. 우리 신민들은 충성을 다하고 효도를 다하여……."

"됐다, 그 정도면. 자, 숨어 있는 조센징을 찾아 냅시다."

자경단들이 함성을 지르며 뛰어갔다. 그러나 대학생은 그걸 몰랐다.

"……의로움과 용기로 봉사함으로써 하늘과 땅이 무궁토록 황실의 운을 부추겨 도울 일이다……."

그 사람은 숨도 안 쉬고 입술을 달싹거렸다.

"다들 갔어요. 이제 그만 해도 돼요."

겐지가 손을 잡아당겼다. 대학생이 풀썩 주저앉았다.

"여기 센징들이 있다."

멀리서 한 사람이 외쳤다. 자경단이 그 쪽으로 몰려갔다. 죽창이 춤을 추고 칼이 번뜩였다.

"전부 마흔셋!"

우두머리 남자가 소리쳤다.

"여기 또 있다."

쓰러진 다다미를 들추자 숨어 있던 두 명의 부인이 나타났다. 임신한 여자가 피를 토하며 쓰러졌다. 도망가던 부인은 부서진 긴 의자 등받이에 엎어져 죽었다.

고함 소리 비명 소리가 들릴 때마다 겐지는 엉엉 울며 뛰었다. 벌거벗은 채 눈을 가리고 죽은 시체가 보였다. 뒷걸음질치는 겐지의 발에 곧 무언가가 물컹 밟혔다. 전봇대에 묶여 죽은 사람의 피 묻은 손이었다.

"으악."

겐지는 그만 정신을 잃고 쓰러졌다.

그렇게 이틀이 더 흘렀다.

사람들은 동경 남쪽의 사가미 만 혹세이브에서 지진이 일어났고, 진도가 자그마치 7.9였다는 것과 오오모리 쪽에서 수백의 조센징들이 폭동을 일으켜 군대와 충돌을 했다고 떠들어댔다.

"동경과 요코하마 지방은 대포알밭이 됐다는군. 아주 처참했대."

지나가던 사람들이 혀를 찼다.

'정말 그랬을까? 소문이 다 사실일까?'

트럭에서 내리던 그 조선 사람은 도망가기도 정신이 없는데 폭동은 무슨 폭동이냐고 대들었다. 겐지는 그 말을 믿고 싶었다. 식구들을 찾아 헤매다가도, 가끔씩 그 날 헤어졌던 여자 애 걱정을 하다가도 사람 사냥꾼이 된 자경단들을 생각하면 눈앞이 노래졌다.

겨우 얻은 주먹밥을 허겁지겁 먹고 있을 때였다. 무장병에게 체포된 조선인들이 줄을 지어 끌려오고 있었다. 모두 손을 뒤로 묶인 채였다.

'앗!'

줄을 바라보던 겐지가 벌떡 일어났다. 겐지는 눈을 비비고 다시 보았다. 역시 그 여자 애였다. 코스모스 앞에서 '뛰어!' 라고 외치며 헤어졌던 그 여자 애가 줄에 묶여 오고 있었다. 옷은 너덜너덜했지만 분명했다. 겐지는 주먹밥을 동댕이치고 줄을 따라 걸었다. 도라지밭 근처로 왔을 때였다.

"다들 앉앗."

자경단 우두머리가 군인처럼 명령했다. 묶여 있던 사람들이 풀럭풀럭 무릎을 꿇었다. 보라색과 하얀색 도라지꽃들이 물결쳤다. 겐지는 여자 애한테서 눈을 떼지 않았다. 그제야 여자 애가 겐지를 바라보았다. 여자 애의 까만 눈과 겐지의 눈이 마주쳤다. 겐지는 여자 애 눈에 가득 괴어 있던 두려움이, 슬픔이, 하르르 흔들리는 걸 보았다. 겐지는 입술을 깨물었다.

"야, 거기 너."

남자가 서슬 푸르게 겐지를 불렀다. 겐지는 그 때까지도 여자 애를 보고 있었다. 여자 애가 눈짓으로 알려 주었다. 겐지는 고개를 돌려 남자를 쳐다보았다.

"아!"

뾰족한 죽창 끝이 겐지를 향하고 있었다. 죽창은 당장에라도 내려꽂힐 기세였다. 겐지는 저도 모르게 뛰기 시작했다. 남자가 쫓아왔다. 열 걸음도 채 못 가서 겐지는 덜미를 잡히고 말았다. 남자가 뭉툭한 발을 쳐들더니 그대로 걷어찼다. 겐지는 여자 애 앞으로 고꾸라져 굴렀다.

여자 애의 뺨으로 주르륵 눈물이 흘렀다.

"난 진짜 일본 사람이에요. 애도 그, 그래요."

무릎걸음으로 기어가면서 겐지는 여자 애와 저를 가리켰다.

"그런데 도망을 가? 닥쳐. 누굴 속이려구."

"정말이에요. 믿어 주제요."

겐지는 남자의 바지를 움켜잡았다. 묶여 있던 사람들이 하나 둘 숙였던 고개를 들어 바라보았다.

"그렇다면 10엔 50전이라고 말해 봐라."

농부 같아 보이는 남자가 뱉어 내듯 말했다. 겐지가 단숨에 따라 했다.

"뭐? 주엔 고주젠?"

죽창을 든 남자가 겐지를 흉내냈다.

"혀, 혀가 짜, 짧아져요."

혀를 쑥 내밀어 보였다. 농부 같은 남자가 다시 말했다.

"좋다. 그럼 역대 천황폐하를 외워 봐라."

"지인, 지인……."

겐지가 헐떡였다.

"진 무어냐?"

"……."

겐지는 숨을 몰아쉬었다. 땀이 비 오듯 흘렀다. 엄마는 높다란 목소리로 천황폐하들을 외웠었다. 귓가에서, 귓속에서, 그 때의 목소리가 맴돌았다. 그러나 유난히 높았던 엄마의 목소리, 그것만 자꾸 떠오를 뿐이었다. 겐지는 툭, 고개를 떨어뜨렸다.

"쥐새끼 같은 놈. 저놈을 묶어."

죽창을 든 남자가 소리쳤다. 농부 같은 남자가 달려들어 손을 묶었다.

"안 돼! 난 일본 사람이야. 진짜야, 진짜란 말이야."

겐지가 발버둥치며 몸을 비틀었다. 죽창을 든 남자의 손이 공중으로 올라갔다. 후드득! 도라지꽃으로 피가 튀었다. 여자애가 긴 비명을 질렀다. 땅이 부르르 떨렸다.

그리고,

까마귀가 울었다.

남작의 아들

 교실에서는 잠깐 엷은 솔 냄새가 났다. 바람이 화단에 있는 소나무를 밀고 들어온 모양이었다. 운동장의 어느 나뭇가지에선가 휘파람새가 울었다. 휘파람새 소리는 옥색으로 괴었다가 바위 틈을 흐르는 산 속의 맑은 물을 생각나게 했다. 하늘이 나지막하게 흐린 날이어서인지 을지로로 가는 전차 소리가 아주 가까이에서 들렸다.
 담임인 야나기 선생님이 손목시계를 들여다보더니 교탁에 펼쳐 놓았던 일본어 국어책을 덮었다.
 "급장."

"넷!"

급장이 용수철 튀어오르듯 자리에서 일어났다.

"맹세."

선생님이 고개를 까딱거렸다. 급장은 자세를 바르게 하며 칠판 위에 걸려 있는 일장기를 똑바로 바라보았다.

"고오고크 신민노 치까이(황국 신민의 맹세)!"

급장의 호령이 4학년 3반 교실을 쩌러렁 울렸다. 앉아 있던 아이들이 후닥닥 일어섰다.

"이찌(일)."

급장이 다시 외쳤다. 아이들은 **빳빳이** 선 채로 첫 번째 맹세를 외우기 시작했다.

"와타쿠시도모와 다이니혼데이고쿠노 신민데 아리마스(저희들은 대일본제국의 신민입니다)."

"니(이)."

"와타쿠시도모와 **고코로오** 아와세테 텐노헤이까니 츄기오츠크시마스(저희들은 마음을 합쳐서 천황폐하께 충의를 다하겠습니다)."

"산(삼)."

"와타쿠시도모와 닌끄단렌시떼 리빠나 츠요이 고쿠민토 나리마스(저희들은 인고 단련해서 훌륭하고 강한 국민이 되겠습니다)."

"착석."

맹세가 끝나자 급장이 명령했다. 잠시 교실은 걸상을 끌어당기는 소리로 시끄러웠다. 휘파람새가 옥색 물빛깔로 다시 울었다.

"좋아."

야나기 선생님은 뒷짐진 손을 풀고 교실을 찬찬히 둘러보았다. 선생님의 눈이 가운데 앉아 있는 몸이 가냘픈 한 학생에게 가서 머물렀다. 선생님은 웃는 얼굴로 그 아이의 이름을 불렀다.

"마츠시다 가즈오 군."

"넷!"

가즈오가 씩씩하게 일어났다.

"신민이 뭐지?"

"천황폐하의 신하인 백성입니다."

"충의는?"

"충성과 의리입니다."

"그럼, 인고 단련은 뭐냐?"

"고통을 잘 참고 몸과 마음이 강해지도록 열심히 훈련하여 익히는 것입니다."

"하하하, 좋아."

선생님은 한바탕 만족스럽게 웃었다.

"마츠시다 군, 남작이신 아버님은 안녕하시겠지? 오늘 집에 돌아가거든 특별히 내 안부 좀 전해라."

"예, 선생님."

가즈오도 미소 띤 얼굴로 선생님을 마주 보았다.

"자, 선생님이 일이 있어 수업을 좀 일찍 끝낸다. 모두들 조용히 하고 점심 시간이 될 때까지 황국 신민의 맹세를 외우도록 한다. 마츠시다 군, 앞으로 나오너라. 만일 못 외우는 놈이 있거든 내 대신 종아리를 때려도 좋다. 다 끝나거든 점심을 먹도록. 알았나?"

"예."

아이들은 한목소리로 대답했다. 들고 있던 막대기를 가즈오에게 넘겨 주고 선생님은 교무실로 가 버렸다. 선생님이 나가자 아이들은 기지개를 켜기도 하고 허리를 두들기기도 하면서 떠들기 시작했다. 교실 안은 금방 부산스러워졌다.

"조용히!"

가즈오가 막대기로 교탁을 두들겼다. 아이들의 눈길이 주르르 가즈오한테로 모아졌다.

"너."

막대기 끝이 맨 뒤에 앉은 덩치 큰 아이를 가리켰다. 아직도 일본식 이름 짓기를 미루고 있는 최진석이었다.

"이찌!"

가즈오가 첫 번째 맹세를 명령했다. 진석이는 입을 꾹 다물고 가즈오를 바라보았다.

"뭐 하고 있어? 이찌!"

높고 야무진 독촉이었다. 서늘한 공기가 교실을 감돌았다.

"빨리 해."

옆에 앉은 짝이 속삭였다. 진석이는 꿈쩍도 하지 않았다. 아이들은 숨을 죽이고 둘의 얼굴을 번갈아 바라보았다. 조바심이 난 짝이 가만히 '와타쿠시도모와.'라고 일러 주었지만 진석이는 못 들은 척 팔짱을 끼었다. 교단을 뛰어내려간 가즈오가 얼굴을 진석이 코앞에다 바싹 갖다 대고 으르렁거렸다.

"이 바보, 그것도 못 외워?"

"그래 난 바보야. 그러니 똑똑한 너나 잘 외워."

"뭐라구?"

막대기는 허공에다 포물선을 그리며 진석이의 어깨로 떨어졌다. 다음 순간이었다. 날쌔게 막대기를 붙잡은 진석이가 손아귀에다 힘을 실어서는 되밀었다. 뜻밖의 반격이었다. 가즈오는 벽에다 머리를 찧으며 나가떨어졌다.

"와하하하하."

남작의 아들

아이들이 웃었다. 가즈오의 얼굴이 일그러졌다. 가즈오는 아이들이 보는 앞에서 창피를 당한 게 참을 수 없었다.

"조센징 같은 놈!"

가즈오의 입에서 욕이 튀어 나왔다.

"으하하하."

가즈오의 단짝 패거리들이 배를 잡고 웃었다. 그 중에서 마코토는 손으로 책상을 치며 웃었다.

"뭐라구?"

진석이가 벌떡 일어났다. 그러곤 천천히 가즈오 앞으로 다가갔다. 진석이는 두 다리를 단단히 벌리고 서서 벽에다 머리를 대고 쓰러져 있는 가즈오를 내려다보았다. 곧이어 또박또박 조선말이 흘러 나왔다. 물론 가즈오만 들을 수 있을 정도의 작은 목소리였다.

"틀렸어. 난 조센징 같은 놈이 아니라 조센징 놈이야. 그러는 넌? 잊지 마. 너도 조센징 놈이야."

"내, 내가? 난 황국 신민이야."

가즈오가 불끈 주먹을 쥐고 일어났다.

"한 판 벌여."

"한 방 날려."

가즈오의 단짝들이 신이 나서 부추겼다. 진석이가 다시 일본

말로 침착하게 말했다.

"난 너와 싸우고 싶지 않아."

"왜 겁나냐?"

가즈오가 이죽거렸다.

"천만에. 조선 사람끼리 싸우는 걸 보이기 싫어서야."

진석이가 턱으로 패거리들을 가리켰다. 사이렌이 길게 울렸다. 수업이 끝났다. 기다리던 점심 시간이었다.

점심 시간은 언제나 즐거웠다.

"이따다끼마쓰(잘 먹겠습니다)!"

책상 위에다 도시락을 꺼내어 놓은 아이들이 합창을 했다. 가즈오는 보란듯이 도시락 뚜껑을 열었다. 두어 가지의 나물과 계란말이에다 살짝 구운 너비아니까지 반찬은 칸칸이 맛깔스레 담겨 있었다. 가즈오 둘레에 앉아 있던 조선 아이들이 흘끔흘끔 곁눈질을 하며 침을 삼켰다.

가즈오는 부엌어멈이 정성껏 싸 준 도시락을 단짝들하고 모여 앉아 맛있게 나누어 먹었다. 노란 단무지나 며칠 삭힌 메주콩 같은 끈적끈적한 낫토가 아니면 기껏해야 멸치 볶음이 고작인 세 아이한테 가즈오의 도시락은 꽤나 인기가 높았다.

"어제 우리 아빠가 만세꾼 한 명을 붙잡았다고 그러시더라."

아빠가 고등계 형사인 미치오가 젓가락질을 하다 말고 떠들었다.

"만세꾼이 뭔데?"

기요시가 물었다.

"만세꾼은 우리 일본에 대항하는 벽보를 붙이거나 태극기를 몰래 만들어서 조선 사람들한테 나눠 주는 사람이래."

"뭣 땜에?"

"그거야 조선 사람들이 만세를 부르도록 부추기고 힘을 내게 하려고지."

"매국노로군."

가즈오가 내뱉었다. 기요시가 냉큼 그 말을 받았다.

"맞아, 매국노야. 우리 일본 때문에 조선이 얼마나 잘 살게 됐는데 왜들 그러는지 모르겠어."

"전기도 들어왔지, 전차도 다니지, 한강에다 철교도 놔 줘서 기차도 타게 됐지, 그리고……."

미치오가 젓가락을 도시락에다 꽂고는 손가락으로 하나하나 꼽았다.

"길도 넓히고, 학교도 세우고, 아픈 사람 낫게 해 주는 병원도 생기고……."

기요시가 장단을 맞추었다.

"고마워할 줄 알아야지."

마코토는 입을 비쭉였다. 진석이가 네 아이를 쏘아보았지만 가즈오 패들은 떠들기에 정신이 없었다.

"이따가 학교 끝나고 우리 집에 안 갈래?"

가즈오가 단짝들을 둘러보았다.

"왜, 무슨 좋은 일이라도 있어?"

"있어."

가즈오는 빙그레 웃었다. 기요시랑 미치오가 호기심을 나타냈다.

"뭔데 그래?"

"아버지가 내 생일이라고 조랑말 한 마리를 사 주셨어."

"히야, 그거 굉장한데."

"너 아주 좋겠다."

세 아이는 노골적으로 부러워했다.

"우리도 타 볼 수 있겠지?"

"물론이야."

가즈오가 선선히 대답했다. 세 아이는 박수까지 치면서 신나 했다.

"아리가토오(고마워)."

마코토가 깍듯이 고개를 숙였다. 미치오도 기요시도 질세라 깊이 고개를 숙였다.

"천만에."
가즈오는 가슴을 쭉 폈다.

오후의 수업은 하나같이 지루했다. 쉬는 시간이 되자 가즈오는 변소로 갔다. 밖엔 언제부터인가 실비가 내리고 있었다. 비가 오는 날에 변소 안은 어두컴컴한 게 기분이 안 좋았다. 가즈오는 빈 자리를 찾아 맨 끝 쪽으로 갔다. 잠시 뒤 기요시, 마코토, 미치오가 왁자지껄 들어와서는 아이들을 밀치고 자리를 차지했다. 오줌을 누던 마코토가 떠들었다.

"야 기욧짱, 남작은 어떤 사람이 되는 거냐?"

"아, 그거? 우리 아버지가 그러시는데 황실 사람들이나 무사들만이 그런 작위를 받는다고 하시더라."

"그래? 그런데 가즈오 아버지는 조선 사람인데 어떻게 남작이 됐지?"

"넌 내선일체도 모르니? 일본 사람이나 조선 사람이나 황실을 위해 충성을 바치고 공훈을 세우면 일반인이라도 받을 수 있어."

미치오가 떠벌렸다.

"걔네 아버지가 황실을 위해 무슨 일을 했는데?"

"우리하고 조선이 하나가 되도록 하는 데 아주 큰 몫을 했다고 하더라."

"그것뿐이야?"

"더 있을 거야. 하여튼 줄 만했으니까 주었겠지."

셋은 똑같이 바지 단추를 채웠다. 갑자기 마코토가 푸하하 웃음을 터뜨렸다.

"그런데 말야, 가즈오 걔 웃기더라. 조센징이 조센징한테 조센징이라고 욕을 하다니! 으흐흐흐."

"맞아, 으흐흐흐."

"그래, 으흐흐흐."

세 아이는 목을 웅크리면서 재미있어 못 견디겠다는 듯이 낄낄댔다.

"얘들아, 가즈오 그놈 우리보다 더 일본 사람 같지 않니?"

"정말 그렇더라. 너 아까 봤지? 맹세 못 외운다고 막대기로 후려치는 거."

"글쎄 말이야. 같은 조선 사람끼리 어떻게 그럴 수가 있지?"

"걘 일본 사람이 되려고 아주 기를 쓰더라, 써."

"그런다고 병아리가 독수리 되냐?"

"아유, 우스워라."

세 아이는 까르르 웃어젖혔다.

'뭐? 병아리?'

남작의 아들 67

가즈오는 피가 거꾸로 흐르는 것 같았다. 뭐라고 한 마디 하고 싶었는데 입이 얼어붙은 듯 꼼짝할 수가 없었다. 그러는 동안 볼일을 다 본 세 아이는 밖으로 튀어 나갔다. 가즈오는 변소 벽에다 머리를 박고 다시 나동그라진 기분이었다.

변소 맨 위쪽 창문으로 가느다란 실비가 내리는 게 보였다. 실비는 먼지투성이의 보잘것 없는 유리 창문에다 좁쌀알보다 더 작은 물방울 무늬를 조르륵 묻혀 놓았다. 가즈오는 마코토들이 나가고도 한참 동안이나 가만히 창문에 맺힌 빗방울을 보고 있었다.

서로 왕래를 끊고 발걸음을 하지 않던 작은아버지가 집으로 찾아오셨던 날도 이렇게 실비가 내렸었다. 가즈오는 사랑으로 내려가 모처럼 일찍 들어오신 아버지를 위해 어깨를 주물러 드리고 있었다.

"형님, 남작이시라니요? 어떻게 그런 걸 다 받으십니까? 조상님들 뵙기에 부끄럽지도 않으십니까?"

"어리석은 놈 같으니라고. 우리 조선이 일본 같은 선진 대국과 하나가 된다는 것은 참으로 하늘이 내려 주신 행운이야. 이 민족에게 이보다 더 나은 기회는 없어. 난 힘 없는 이 나라를 구하기 위해 최선을 다했을 뿐이야."

"나라를 통째로 왜에게 내어 주는 일이 기회입니까? 나라 사람들이 다 저들의 노예가 되는 게 최선입니까?"

작은아버지는 턱수염을 부들부들 떨며 주먹으로 방바닥을 내리쳤었다.

그새 유리창에 내려앉는 실비가 눈에 띄게 굵어 보였다. 창밖 추녀 밑에서는 제법 똑, 똑, 빗방울 떨어지는 소리까지 들렸다. 가즈오는 어깨를 축 늘어뜨리고 변소를 나와 교실로 향했다.

'으ㅎㅎㅎ.'

야비한 웃음들이 가즈오를 따라왔다.

종례가 끝났다. 가즈오는 교실을 나왔다.

"가즈오, 나 우산 가져왔다. 같이 쓰고 가자."

"가즈오, 네 가방 내가 들어 줄까?"

"가즈오, 내가 신발장에서 네 신발 꺼내 놓을게."

세 아이는 다투어 가즈오의 환심을 사려 애썼다.

"놔 둬."

가즈오가 소리를 높였다. 그런데도 조랑말이 어쩌고저쩌고 하면서 같이 가자고 눈웃음을 쳤지만 가즈오는 들은 체도 안 했다.

'쳇, 간사한 놈들 같으니라구. 뒤에서는 내 욕을 그렇게 해 대면서 앞에서는 간이라도 빼 줄 듯이 알랑거려?'

남작의 아들 69

아무나 붙잡고 한바탕 치고 받고 뒹굴고 싶은 심정이었다. 그래야 속이 후련해질 것 같았다. 가즈오는 고개를 푹 수그리고 복도를 걸었다. 교문을 나오려는데 행랑아범이 인력거꾼과 함께 헐레벌떡 뛰어오다가 반색을 했다.

"막내 되련님, 어서 타세요. 비 맞으면 감기 드신다고 마님 걱정이 태산 같으세요."

"먼저 가. 나 어디 좀 들를 데가 있어."

"그렇더라도 인력거는 타고 가세요. 되련님 비 맞으시면 우리가 늦게 가서 그렇게 됐다고 혼쭐이 날 거예요."

"글쎄 싫다니까 왜 그래?"

가즈오는 행랑아범의 손을 뿌리치고 달렸다. 뒤에서 인력거 바퀴 구르는 소리가 요란하게 따라왔다. 그렇지만 가즈오는 나는 새같이 가벼이 눈앞에서 사라졌다.

가즈오는 발길 닿는 대로 무작정 걸었다.

'그런다고 병아리가 독수리 되냐? 으ㅎㅎㅎ.'

눈물이 핑그르르 돌았다. 작은아버지가 보고 싶었다. 그건 너무나도 갑작스러운 생각이었다. 가즈오는 그 날 아버지한테 대들던 작은아버지가 못마땅했었다. 그래서 가신다는데도 인사조차 드리지 않았었다. 후회가 자꾸 솔솔 머리를 처들었다.

가슴이 아팠다. 아들이 없으신 작은아버지는 유난히 가즈오를 귀여워하셨다.

'작은아버지를 뵈면 큰절부터 올려야지.'

가즈오는 서둘러 작은아버지가 사시는 광희문 쪽으로 방향을 틀었다. 황금정 앞을 지날 때 비는 어느덧 소리 없이 그치고 새파란 하늘이 거무스름한 구름 사이로 언뜻언뜻 내비쳤다. 일본 사람들이 모여 사는 곳이어서인지 그 곳엔 나무로 지은 이층짜리 집들이 즐비했다. 남산 밑에 보이는 게딱지 같은 초가집에 비하면 거기 집들은 대궐 같았다. 그게 또 언짢았다.

가즈오는 땅에 괴어 있는 빗물을 골라 철벅철벅 소리나게 딛었다. 흙탕물이 사방으로 튀었다. 마음에 괴었던 쓸쓸함도 사방으로 튀는 것 같았다. 가즈오는 좀 멀리 괴어 있는 빗물을 껑충 뛰어 두 발로 튀겼다.

"악!"

갑자기 찢어지는 듯한 소리가 귀를 울렸다. 깜짝 놀란 가즈오가 얼굴을 들었다. 기모노를 곱게 차려 입은 일본 부인이 울상을 하고 가즈오를 바라보고 있었다. 가즈오는 무슨 일이 일어났는지를 한눈에 알아차렸다.

"아이쿠, 큰일났다."

조선말이 튀어 나왔다. 가즈오는 얼른 다가가 공손히 머리

남작의 아들

숙여 사과했다.

"죄송합니다. 저 때문에 옷에 흙탕물이 튀어서……."

"뭐가 어쩌고 어째? 이 나쁜 조센징 놈, 죄송하다면 다야?"

눈꼬리가 촉 처진다고 여기는 순간 그 부인은 접어 들고 있던 지우산(대오리로 된 살에 기름 먹인 종이를 붙여 만든 우산)으로 가즈오를 때리기 시작했다. 미처 피할 새도 없었다. 지우산은 머리 어깨 가슴 팔 여기저기에 우박처럼 떨어졌다.

"모처럼 중요한 약속이 있어서 가는 중인데 이 꼴을 해 놓다니."

약이 바짝 오른 부인은 막무가내로 지우산을 휘둘렀다. 가즈오는 쪼그리고 앉아 손으로 머리를 막았다. 근처에 있던 일본 사람들이 하나 둘 모여들었다.

"저걸 어째! 이런 흙탕물은 잘 지워지지도 않을 텐데."

"일부러 그랬을 거야. 저렇게 뻔뻔한 조선 애는 본때를 보여 줘야 해."

구경 하던 일본 사람들은 곱지 않은 눈으로 한 마디씩 지껄였다. 가즈오는 떨어지는 매를 피하지 않았다. 왠지 실컷 두들겨 맞고 싶은 기분이었다. 그래야 기를 쓰며 살았던 병아리의 부끄러움이 조각조각 부서질 것 같았다.

'그러는 넌? 잊지 마. 너도 조센징 놈이야.'

진석이의 말이 머릿속을 울렸다.

'나는 맞아야 해. 오늘, 나는 맞아야 해.'

가즈오는 속으로 부르짖었다. 뜨거운 눈물이 솟구쳤다.

'안 돼. 일본 사람들 앞이야.'

가즈오는 저를 주욱 둘러싼 조오리와 게다짝 발들을 보며 입술을 깨물었다. 그런데 웬 아이의 검정 고무신이 구경꾼들 틈 사이로 발돋움을 하고 있었다. 가즈오는 고개를 들어 고무신의 주인을 훔쳐보았다.

"어?"

검정 고무신의 주인이 놀란 표정을 지었다. 최진석이었다.

'하필이면……'

가즈오는 재빨리 고개를 돌렸다. 어서 이 자리를 피하고 싶었다. 가즈오는 용을 쓰고 일어났다. 지우산이 콧등을 내려친 것은 그 때였다.

"아쿠!"

가즈오가 코를 쥔 채 앞으로 고꾸라졌다. 뜨거운 코피가 지르르 흘러내렸다.

"그만 하세요. 피가 나잖아요."

진석이가 달려들어 가즈오의 팔을 붙잡아 일으켰다. 가즈오는 눈을 꾹 감고 지그시 어금니를 물었다. 구경꾼들은 못마땅

하다는 듯이 눈을 흘기며 흩어졌다.

"이 아줌마, 니가 만약에 일본 아이였대도 이렇게 함부로 때렸을까?"

진석이가 조선말로 투덜거렸다. 그 부인은 둘을 노려보며 씨근덕대다가 뒤뚱걸음으로 종종종 사라져 버렸다.

"손수건 있어? 코피 닦아야지."

"상관 마."

가즈오가 퉁명을 떨었다.

"야, 확 밀치고 도망가지 뭐 땜에 맞고 있니?"

진석이도 볼멘소리를 했다. 그러면서도 엉망이 된 가즈오를 이리저리 살피며 옷에 묻은 흙탕물을 털어 주었다.

"너 아주 고소하겠다. 얀마, 저리 비켜."

가즈오가 쌀쌀맞게 말했다.

"고소하긴. 가만히 있어, 인마."

진석이가 흙물을 털던 손으로 철썩 엉덩이를 때렸다. 제법 얼얼한 게 손이 매웠다. 그런데 이상하게도 가슴이 따뜻해 왔다. 진석이는 저만치 동댕이쳐 있는 가방을 집어 손에다 들려 주었다.

"최진석, 너 여긴 웬일이냐?"

잠자코 코피를 닦던 가즈오가 지나가는 말처럼 물었다.

"저기가 우리 동네야. 엄마 심부름 가던 길이었어."

진석이는 남산 자락이 끝나는 곳을 가리켰다. 초가집 대여섯 채가 옹기종기 이마를 맞대고 있었다. 게딱지 같은 지붕에다 눈길을 두면서 가즈오가 말했다.

"아깐 미안…… 했어."

"나두."

진석이는 잠깐 가즈오 어깨에다 손을 얹었다가 뗐다.

"잘 가."

"그래, 내일 또 보자."

가즈오가 천천히 걸음을 떼어 놓는 걸 진석인 가지 않고 지켜 보았다. 어디를 어떻게 맞았는지 가즈오의 걸음걸이는 몹시 불편해 보였다. 사납게 생긴 불독 한 마리가 일본 집 대문 밑으로 송곳니를 내보이며 짖었다.

"가즈오!"

진석이가 불렀다. 가즈오는 걸음을 멈추지 않았다.

"혼자 갈 수 있겠니?"

걱정이 깃들인 목소리로 진석이가 물었다.

"내 이름은 윤강이야, 송윤강."

가즈오는 그대로 걸으며 무뚝뚝하게 말했다.

"짜아식."

남작의 아들 75

진석이가 씩 웃었다.

비 온 뒤에 하늘은 어느새 씻은 듯이 맑게 개어 있었다.

잠들어라 새야

난 이 얘기를 차마 아무한테도 할 수가 없었어. 그래서 이렇게 늙어 꼬부라질 때까지 마음 속 깊은 곳에다 묻고 살았지. 하지만 이제는 다 타서 재가 되었어. 부끄러울 것도 누구를 원망할 것도 없다. 그러나 애야, 아직도 그 때 일을 생각하면 혀가 굳고 가슴이 떨려 말문을 열기가 어렵구나. 그 때 당했던 일로 몸이 상해서 지금도 궂은 날이면 뼈마디가 쑤셔. 난 하루하루를 약으로 버티며 살아 왔단다. 그래도 마음에 든 병에 비하면 그건 아무것도 아니야.

너희는 모른다. 나라를 빼앗기고 식민지가 된 나라에 태어났다는 게 얼마나 큰 죄인가를. 누가 내 가슴을 열고 들여다본다면 시퍼렇게 응어리져 있는 한을 볼 수가 있을 텐데……. 내 나이 어리디 어린 열두 살 때였단다.

'가모메.'
나는 일본말로 써 있는 연락선의 이름을 눈으로 읽었어. 그러면서 입속말로 '갈매기!' 그렇게 말해 보았지.
부산 앞바다는 한여름의 느티나무처럼 푸르렀어. 그리고 한여름의 느티나무처럼 파들거렸어. 그러나 어디에도 갈매기는 없었단다. 다만 우리들 여자 근로 정신대를 태우고 일본으로 떠날 갈매기라는 이름의 배만이 덩그렇게 떠 있을 뿐이었어.
갈매기도 없는 저녁 무렵의 바다는 침울했어. 수평선 조금 위에서 검붉은빛으로 물들어 가는 구름 조각들도 그랬어.

천황의 대는 천 대나 팔천 대나
강가의 조약돌이 바위가 되어
이끼가 낄 때까지.

환송을 하러 나온 사람들이 일장기를 손에 들고 기미가요(일본 국가)를 불렀단다. 우린 낯선 곳으로 떠나야 하는 불안감 때문에 잔뜩 긴장을 하고 있었어. 이윽고 배를 탈 시간이 되었어.

"차례차례 올라타라! 오이, 거기 뭣들 하고 있나? 이 쪽으로 서라."

칼을 찬 일본군 소좌가 까탈을 부렸어. 우린 물 맞은 개처럼 찔끔해 가지고 단박에 입들을 다물었지. 배는 3층이었어. 맨 아래층 선실은 먼저 들어온 대원들로 만원이었단다. 우린 배가 조금만 흔들려도 에구머니나 소리를 지르면서 바닥이건 기둥이건 붙잡고 쩔쩔맸어.

"아무 데나 눕자. 배멀미 땜에 힘들 테니."

어떤 언니가 내 치마를 잡아당겼어. 배를 기다리는 동안 쭉 내 앞에 서 있던 언니였어. 그 언닌 호리호리한 몸매에 얼굴이 유난히 희었는데 말수가 적었어. 얼결에 주저앉은 난 그 언니의 말대로 꼬부리고 누웠지. 짙푸른 바다 물결이 철썩 귀를 때렸어. 소리만 듣고도 벌써 머리가 어찔했어.

"넌 아주 어리구나. 이름이 뭐니?"

어둠이 눈에 익자 그 언니가 처음으로 말을 걸었어.

"서은옥이유."

난 기어들어가는 목소리로 말했어.

"난 조봉선이야. 몇 살이니?"

"열두 살이유. 소학교 6학년이구유."

"그런데도 뽑혔어?"

"교장 선생님이 일본 가면 기술두 배우구 돈두 많이 번다구 가라구 해서유."

내 말에 봉선 언니는 한숨을 쉬었어.

"아부지는 징용으로 끌려가시구 식구는 많구……, 내 한 입 덜 생각으루다가……. 소나무 속껍질 벗겨다 끓여 먹는 것두 지겨웠구유. 그리구……."

난 왠지 서러워 말끝을 맺지 못했어. 드디어 부우웅! 뱃고동이 울렸어. 때맞춰 파도가 철썩 뱃전을 두드렸고. 그걸 신호로 배는 슬금슬금 바다로 미끄러져 가기 시작했어. 선실 안은 곧 울음바다가 됐지. 나도 목놓아 울었어.

"우리 나라가 더 멀어지기 전에 어서 봐 두자."

누군가 울먹이며 그렇게 말했어. 난 벌떡 일어나 선실 유리창 쪽으로 갔어. 그러곤 사람들 틈에 끼어 밖을 내다보았어. 부두가 뒷걸음질을 치고, 초가집들이 가물가물 멀어져 갔어. 난 우리 나라를 다 봐 두려고 눈을 크게 떴지. 하지만 참았던 눈물이 주르륵 흐르며 마지막 풍경들을 지워 버렸단다.

먼 바다로 나오기도 전에 노을은 어느새 성큼 바다로 내려왔고 고단한 해님은 수평선 뒤로 사라져 갔어. 그리고 밤이 됐단다. 보오얀 조각달이 내내 우릴 따라오더구나. 잠결에 떠드는 소리가 이상해서 눈을 떴어. 선실 창은 아침 햇살로 눈부셨어. 그런데 굼실거리는 청색의 바다가 왠지 낯설더라.

"시모노세키 시모노세키."

안내 방송이 들렸어. 일본에 도착했던 거야. 현해탄을 지날 때부터 치솟기 시작한 파도 때문에 이리저리 뒹굴던 끝이라 난 아직도 어질어질했어. 아침으로 주는 주먹밥과 건빵을 건성건성 먹고 나서야 겨우 정신이 들었단다.

배에서 내린 우린 온종일 기차를 타기도 하고 트럭을 타기도 하면서 비행기 공장으로 갔어. 공장이 어찌나 큰지 시골에 있는 우리 학교는 댈 것도 아니었어. 우린 가슴에 여자 근로 정신대라고 박힌 누르스름한 옷과 모자를 받았지.

기숙사는 정문 가까이에 있었어. 사감은 일본 남자였지만 우릴 지도하는 이는 일본 여자였어. 기숙사 방은 다다미 열두 장 정도의 크기였단다. 거기서 열두세 명이 한 방에서 지냈는데 이불은 요까지 세 채만 주었어. 아침 기상 시간은 일곱 시였어. 기숙사가 꽤 커서 우린 누가 어디에 있는지 알 수가 없었어.

근무 시간은 열두 시간이었단다. 낮일 밤일을 일주일씩 교대로 했지. 주로 선반으로 비행기 부품을 깎는 거였어. 쇠를 잘라 내는 일도 했어. 내 작은 귀로는 감당할 수 없을 정도로 날카로운 소리가 났지. 하루 종일 귀가 먹먹했단다. 월급은 저금해 준다는 말을 들은 듯해. 하지만 통장을 본 적은 없었어.

지금도 생각난다. 일은 힘들고 엄마는 보고 싶고 배는 또 얼마나 고팠었는지. 글쎄, 식사 때마다 멀건 된장국에 단무지 반찬이 고작인 밥을 주었는데 세 숟가락이면 다 없어지는 거야. 그래서 난 그걸 아껴 먹으려고 한 알씩 한 알씩 세면서 먹었단다.

어떤 땐 조그만 삼각형 콩떡 세 개를 점심으로 주었어. 배가 너무나도 고픈 우린 그런 간식거리 같은 건 점심 시간이 되기도 전에 다 먹어치우기 일쑤였어. 밤일을 할 때는 더 심했지. 일이 끝나고 기숙사로 돌아오면 아침을 주었는데 그 뒤 저녁까지는 아무것도 안 주었으니까. 김천에서 왔다는 내 또래 어떤 애는 하도 배가 고파 정신이 돌아 버렸단다.

공장의 벽 여기저기엔 붉은 구호들이 붙어 있었어.

"여자여 오라. 결전의 직장에!"

"승리의 길은 비행기 증산으로 통한다!"

"승리! 양, 질, 시간! 빨리빨리!"

그런 것들이었지. 우린 공장에 파견된 일본 학생들과 근로의 노래를 함께 부르곤 했어.

꽃도 봉오리 젊은 벚꽃

다섯 척 키에 목숨 걸고 우린 해낸다.
나랏일에 생명을 바침은
우리들 학생의 본분이다.
아, 홍색의 피는 불탄다.
아, 막을 수 없는 청년의 분노는 불타오른다.
망치로 내리쳐라.
적을 격멸하는 소리 그 안에 있다.

그런 노래였지. 조선에서 끌려온 우린 틈만 나면,

아아, 산 넘고 바다 건너
멀리 천릿길을 정신대로!
아득히 떠 있는 반도
어머님의 얼굴이 떠오른다.

라는 정신대 노랠 불렀어.
  높은 군인이 우리를 모아 놓고 연설을 한 일도 있었어.
  "지금 너희들이 하는 일은 너무나도 중요한 일이다. 전쟁을 하는 군인들의 생사가 너희들 손에 달려 있다. 너희들도 전선에 있는 군인이라고 생각하고 열심히 해야 한다. 이기기 전까지는 잘 먹고 잘 입는 것을 바라지 말아라."

높은 군인은 발을 쾅쾅 굴렀어. 그러면 거기 모인 근로 정신대들은 주먹을 휘두르며 노래를 불렀어.

소리질러라, 분노하라, 힘을 돋워라,
사무친 마음들이여!
황군에 힘을 합쳐 동포는 일어났다.
노인도 젊은이도 의에 마음을 불태우고
뜨거운 마음으로 용감히 순국하노니.

강당이 떠나갈 것 같았어.

흰 바탕에 빨갛게
태양의 동그라미 물들여
아, 아름다워라
일본의 깃발은

일장기 노래를 부를 때도 있었어.

그런데 어느 날 보니까 공장 안에 놋그릇이 수북이 쌓여 있더라. 다 우리 나라에서 빼앗아 온 것들이었어. 숟가락, 젓가락,

주발, 주전자에 반병두리(놋쇠로 만든 국그릇의 한 가지. 둥글고 바닥이 편평하여 양푼과 비슷하나 아주 작음)와 세숫대야, 촛대, 징, 크고 작은 종, 그리고 제삿날에 쓰던 제기까지 모두가 낯익은 모양이었거든. 그걸로 총알을 만들 거라고 하더라.

어떻게 사람들이 먹고 마시고 쓰던 것들로 사람을 죽이는 총알을 만들 수 있을까. 난 군데군데 녹청이 난 채 아무렇게나 쌓여 있는 놋그릇들을 보고 또 보았어.

'조선은 참 불쌍한 나라구나. 밥그릇까지 다 빼앗기다니.'

그런 생각을 하면서. 묘하게 쓸쓸한 느낌이 들더라.

전시라서 그런지 일본도 사는 형편이 그리 좋지는 않았어. 특히 석유가 모자라서 공장에서 만든 물건을 트럭이 아닌 달구지에 실어 나르기도 했으니까.

나중에야 알았지만 갈매기호를 탄 여자들은 같은 정신대일지라도 사연들이 다 달랐단다. 나처럼 지원을 해서 온 사람은 그리 많지가 않았어. 그 대신 우물에서 물 긷다가, 아버지 병간호를 하다가, 밭에서 김을 매다가 느닷없이 강제로 끌려온 사람들이 대부분이었지. 봉선 언니처럼 혼인 날짜를 사흘 앞두고 붙잡혀 온 사람도 있었고.

애기 엄마들도 있었어. 전라도에서 왔다는 어떤 아주머니는 빨간 완장에다 긴 칼을 찬 일본 겐뻬(겐페이, 헌병을 말함)가

어찌나 무섭던지 반항도 못 하고 잡혀 왔대. 어떤 경상도 처녀는 집으로 들이닥친 겐뻬가 아들이 없으면 딸이라도 나라를 위해 내놓으라고, 안 그러면 반역자가 되니 고향에서 살지 못한다고 아버지한테 으름장을 놓아서 할 수 없이 배를 탔다더라.

그렇게 일 년쯤 지났을 거야. 얼마 전부터 부쩍 미군의 폭격이 심해졌어. 멀리서 비행기 소리가 나면 곧장 사이렌이 요란을 떨고 직공들은 대피소로 달려가고 하면서 한바탕 법석을 떨었어. 그 날은 점심을 먹다 말고 공습 경보가 울리는 바람에 뿔뿔이 흩어졌지. 미처 대피소까지 갈 수가 없었던 난 봉선 언니랑 창고 뒤쪽 으슥한 곳으로 가서 엎드렸어. 그런데 어디선가 가느다랗게 노랫소리가 들리더라.

저녁 노을 지니 해 넘어가네.
산 속 절에서 종이 울린다.
다 같이 손잡고 집으로 가자.
까마귀와 같이 돌아들 가자.

그런 노랜데 아주 쓸쓸했어. 난 폭격 중인 것도 잊은 채 소리 나는 곳을 찾았어. 웬 여자 애가 저만치 떨어진 공장 벽에 기대어 앉아 있더라. 노래를 부른 건 바로 그 애였어. 그 앤 부모님이 미군의 폭격을 맞아 돌아가셨는데도 전쟁의 승리를 위해 꿋꿋하게 일하는 장한 소녀라고 신문에 났었어.

그 때 하늘을 우우웅 울리며 은빛 비행기가 날아왔어. 그리고 얼마 뒤 귀를 찢는 폭음이 났어. 정신이 들고 보니 온몸에 유릿가루 천지더라. 공장 한쪽에선 불길이 솟고. 길 가운데엔 깊은 웅덩이가 패었어. 난 내 옆에 있던 봉선 언니를 막 흔들어 깨웠어. 그런데 노래를 부르던 그 앤 죽어 있었어. 크게 다친 흔적도 없이.

우린 공장이 파괴돼서 일을 할 수가 없었단다. 며칠 뒤, 헌병이 트럭을 타고 왔어. 빨강 바탕에 별 세 개가 박힌 계급장을 달고서. 그 헌병은 살아 남은 우리 조선 여자들만 모아 트럭에 태우고 다시 어딘가로 끌고 가더라.

해가 뉘엿뉘엿 넘어가더니 오래지 않아 사방이 캄캄해졌어. 어느 야산엔가로 왔을 때였어. 갑자기 트럭을 세우더라. 그러더니 헌병하고 운전을 하던 군인이 뛰어내려서는 맨 뒤에 앉아 있던 여자 두 명을 끌고 숲으로 들어가는 거야. 봉선 언니도 끌려갔지.

얼마 뒤, 두 사람은 머리를 산발한 데다가 흙투성이가 된 아주 흉한 꼴로 돌아왔어. 난 아직 어려서 언니들이 끌려가서 매를 맞고 온 줄만 알았단다. 그래서 축 늘어진 봉선 언니가 불쌍해서 손을 꼭 붙잡고 펑펑 울었어.

그런데 얘야, 우리가 도착한 데가 어딘지 아니?

아, 끔찍한 곳!

거긴 사람 사는 데가 아니었어.

거긴 짐승의 우리였어.

그것도 전생에 억겁의 죄를 뒤집어쓰고 태어난 그런 짐승들의 집!

나도 오래지 않아 봉선 언니와 똑같은 일을 당해야 했지. 우릴 데려간 곳은 공장이 아니라 군인들을 위한 위안소였으니까. 딱딱한 나무 침대와 국방색 담요와 거무스름한 지리가미(휴지)가 희미한 전등불 밑에 놓여 있는.

저녁 여덟 시쯤 난 강제로 그 방에 처넣어졌어. 시커먼 군인이 방문을 열고 들어오더라. 공포에 질린 난 온몸을 사시나무 떨듯 떨며 침대 끝으로 기어갔어. 무릎을 꿇었지. 두 손으로 싹싹 빌었어.

"아저씨, 살려 주세요."

난 울부짖었어. 잠시 나를 바라보더구나. 워낙 전등이 희미해서 표정을 알 수는 없었어. 난 그저 웅크릴 대로 웅크리고서 손이 발이 되도록 빌 뿐이었어. 순간, 눈에서 불이 번쩍 나더

라. 내 뺨을 때린 거야. 난 벽에다 머리를 박고 말았어. 방이 비좁지 않았다면 십 리는 날아갔을 거야. 쓰러진 날 발로 이리 차고 저리 차고 그러더라. 갑작스런 매질에 도무지 정신을 차릴 수가 없었지. 그러더니 내 목덜미를 움켜쥐고는 침대에다 내던지는 거야. 그리고 날 덮쳤어.

세모꼴로 각진 얼굴에 얼룩 무늬 흉측한 구렁이가 내 몸을 친친 감았어. 난 죽을 힘을 다해 몸부림을 쳤어. 그럴수록 구렁인 내 몸을 더욱 죄었어. 거무칙칙한 혀를 끊임없이 날름거리면서. 날카로운 이빨 끝으로 독이 흘러 나왔어. 독은 순식간에 퍼져 내 창자를 녹이고 간을 녹이고 마침내 심장을 녹여 어린 내 몸을 문드러뜨렸어. 난 비명을 질렀어. 그리고 기절을 했어.

일본은 열세 살짜리 어린 날 속여 끌어다가 저희 군인들을 위안하라는구나.

저희 군인들을 위로하여 안심시키고 마음을 편하게 하여 전쟁을 승리로 이끌도록 부추기라는구나.

아, 부끄러워라!

조선의 남자들은 어쩌다가 제 나라 하나 지켜 내지 못하고, 풀잎 같은 딸들을 이토록 더럽히는지.

어떻게 했기에 한 떨기 꽃 같은 제 누이들을 이렇듯 욕보이며 천덕꾸러기로 만드는지.

못난 남자들을 한핏줄로 하여 태어난 죄를 아직 봉오리일 뿐인 난 온몸으로 겪어 내야 했단다.

그 날 이후로 내 이름은 아야코가 됐어. 봉선 언니는 도미코가 됐고. 거기선 여자들의 이름을 다 일본식으로 불렀거든. 그나마 난 어려서 상대하는 군인들이 적었지. 짐승들의 노리개 노릇이 죽기보다 싫어 배가 아파 죽는다고 꾀병을 부리기도 했으니까. 하지만 봉선 언니 방 앞에는 늘 수많은 군인들이 줄을 서서 기다렸어.

봉선 언니가 아비가 누군지도 모를 애를 배고 미쳐서 군복 입은 남자만 보면 물어뜯다가 맞아 죽던 날, 난 시끄러운 틈을 타 그 곳을 도망쳤어. 그러나 수수밭 속에 숨어 있던 난 하루도 못 가서 들키고 말았지. 질질 끌려온 난 발가벗긴 채 매를 맞았어. 다섯 끼나 밥을 굶기더라.

나는 생지옥 같은 그 생활로 다시 돌아갔어. 어떤 방에서는 죽어라고 싸우고, 어떤 방에서는 서럽게 울고, 또 어떤 방에서는 군인에게 매를 맞아 비명을 지르는 그 지긋지긋한 방으로 나는 다시 돌아갔던 거야.

난 내가 싫었어. 미웠어. 오후 두세 시와 저녁 대여섯 시가 되면 합판으로 칸칸이 막아 놓은 그 방으로 들어가야 하는 내가 죽이고 싶도록 미웠어. 누런 군복만 보면 구역질이 나고 소름이 끼쳐 죽을 것만 같았어. 봉선 언니마저 없는 날들은 너무나도 무섭고 무서웠어. 난 갑자기 아무도 없는 빈 들에 홀로 던져진 느낌이었어. 차라리 누가 날 죽여 주었으면 했어. 난 틈만 나면 다시 도망갈 궁리를 했지. 하지만 감시가 심해서 그것도 맘대로 할 수가 없었어.

무엇보다 날 힘들게 하는 건 몹쓸 그런 병에 걸렸나를 검사하러 군의관한테 데려가는 거였어. 어떤 언니들은 마침내 병이 들어 606이라는 아주 아픈 주사를 맞아야 했어. 그러고 나면 속이 메스껍고 어지러워서 종일 늘어져 있었어. 그랬지만 시간이 좀 지나면 꼼짝없이 다시 그 역겨운, 죽음의 방으로 끌려가야 했어.

그렇게 일 년이 지났을 거야. 어느 날이었어. 그래, 그 날은 팔월 보름이었지. 난 라디오를 타고 흘러 나오는 덴노(천황)의 떨리는 목소리를 들었어. 원자 폭탄 두 방을 맞고 혼이 난 덴노가 무조건 항복을 한다는 거야. 우리 나라가 해방이라니! 믿어지지가 않았지.

다시 시모노세키로 트럭을 타고 나와 고향으로 돌아올 때까지는 일곱 달이나 걸렸단다. 어찌어찌해서 고향 집이 내려다보이는 뒷산까지 왔을 때는 3월의 해가 서산마루에 걸렸더구나. 누렇게 바랜 구멍 뚫린 들창문은 내가 떠나던 날과 다름이 없었어. 그러나 난 선뜻 사립문을 밀 수가 없었단다. 밤이 이슥하도록 친할머니 무덤가에 앉아 있었지. 그러곤 누가 볼까 봐 몸을 잔뜩 낮추고는 진흙이 군데군데 떨어져 나간 헛간으로 숨어 들었어.

헛간 지붕 틈으로 별이 반짝이더구나. 오래 된 징검다리 아래로는 시냇물이 졸졸 흐르고. 누구네 집에선가 또드락 또드락, 다듬잇방망이 소리가 들려 왔어. 갑자기 뜨거운 눈물이 쏟아지더라. 꿈 속에서도 그리웠던 고향의 소리였거든. 난 간간이 검둥개 짖는 소리를 들으며 눈물샘이 마를 때까지 울었지. 그러곤 오랜만에 단잠을 잤단다.

새벽녘이었어. 웅얼거리는 소리에 눈을 떴단다. 갈라진 벽 틈으로 보니 엄마가 장독대에다 정한수를 떠 놓고 비는 거였어.

"부처님, 이 복 읎는 것을 용서해 주십시여. 굶어도 같이 굶고 죽어도 같이 죽었어야 했는데 어쩌자고 어린걸 낯설고 물선 타국 땅으로 보냈는지여. 어린것이 집을 떠나 으떻게 살았는지여. 철없는 것이 이 에미를 떠나 으떻게 견뎠는지여. 걱정에 애간장이 다 녹습니다여. 그 앨 낳고 미역국도 제대로 못 먹어 젖 한 번 실컷 멕이지 못했던 딸입니다여. 맏딸에다 마음이 비단결 같아서 돈 벌어 배곯는 동생들허구 이 못난 에미 살리려구 낯선 나라루 갔습니다여. 그런데 아직도 꿩 구워 먹은 소식입니다여. 제발 보내 주십시여. 어서어서 무사히 집으루다 돌아오게 해 주십시여. 천지 신명이시여, 부처님이시여……."

 엄마는 끝내 울음을 터뜨리시더구나.

 그 소리를 들으니 가슴이 에면서 다시 눈물이 쏟아지더구나. 난 엄마가 부엌으로 들어간 사이에 헛간을 나왔단다. 그 길로 십 리나 떨어진 정각사로 울며 울며 갔지. 더럽혀진 몸을 생각하니 도저히 엄마 앞에 나설 용기가 없었어.

 소나무 숲에 이르렀을 때였어. 예불을 올리는 목탁 소리가 들리더구나. 하지만 부처님 앞엔들 나설 수가 있었겠니. 난 그대로 일주문 밖 큰 소나무 밑에 주저앉았어. 그러곤 골짜기 아래 괴어 있는 초록물만 하염없이 내려다보았단다.

 쌉싸롬하면서도 상큼하니 서늘한 산 냄새가 나더구나. 발 밑에서 올라오는 소나무 향내였지. 난 무심결에 땅에 떨어진 바늘 같은 검불을 두 손으로 헤집었어. 놀랍게도 검불 밑의 흙은 검고 보드랍고 향기로웠어. 난 솔 냄새 배인 흙을 한 움큼 파서는 코에다 대고 냄새를 맡았어. 아주 깊이. 울면서.

 난 그 흙을 얼굴에다 손에다 다리에다 처덕처덕 발랐어. 햇살이 퍼질 때까지 흐느끼다 말다 하면서 계속해서 그러고 있었지.

 세상에, 이상도 하여라! 부처님이 부르셨는가. 엄마가, 허위

허위 소나무 쪽으로 오시더구나. 뒷날 엄마가 말씀하셨지. 그 날은 아침부터 왠지 마음이 자꾸 떨리고 설레는 게 가만히 있을 수가 없더란다. 그래서 부처님 전에 향이라도 올리려 아침도 뜨는 둥 마는 둥 달려오던 길이었다고.

"이게 누구냐?"

날 보신 엄마는 그 자리에 털썩 주저앉아. 그러시더니 흙 두발이를 한 채 거지꼴로 앉아 있는 깡마른 날 부둥켜안았어. 엄만 꺼이꺼이 통곡하며 데굴데굴 구르셨단다.

"엄마."

"오냐, 내 새끼."

"엄마아."

"오냐, 그래. 울어라."

"어엄마아."

"오냐, 내 딸아. 다 안다. 죽일 놈들."

엄마는 이미 소문을 들으신 것 같았어. 엄마와 난 얼싸안고 울다가 웃다가 그랬어. 한참 만에 울음을 그친 엄마는 벌떡 일어나 황급히 일주문 안으로 사라지셨어. 얼마 뒤 밥을 얻어 오신 엄마는 날 먹이셨단다. 난 게눈 감추듯 먹어 치웠지.

엄마가 돌아앉으시더니 등을 들이댔어.

"아가야, 업혀라. 씻자. 저 아래 물로 가서 씻자."

엄만 날 업은 채 초록물 가운데로 들어갔어. 엄마는 날 씻겼어. 산을 돌아돌아 내려와 괸 맑은 물에 날 씻겼어.

"이제 넌 다시 태어나는 거여. 눈처럼 깨끗해져서 다시 태어나는 거여. 이 물은 깨끗하게 솟아서 깨끗하게 흘러온 물이니께."

난 파란 하늘이 잠기고, 하늘을 지나가던 새의 그림자가 잠기고, 솔바람 소리가 잠기고, 푸른 잎새들 무심히 떨어져 잠기던, 그 물에 온몸을 잠갔어. 그리고 난 초록 아이가 되어 갔어.

"아가, 넌 아무것두 변한 게 없어. 넌 그냥 너여. 그냥 예전의 너란 말여."

엄만 그런 말을 하고 또 하면서 내 머리를 감겼고 내 몸을 씻겼어. 그런 다음 날 안고 대웅전으로 가서는 햇살 바른 댓돌 위에 앉았어. 산 속 절간의 3월은 고즈넉했어.

"금자동아 은자동아, 금을 주면 너를 살까 은을 주면 너를 살까. 마른자린 널 뉘고 진자린 내가 누워……."

엄만 꾹꾹 쥐어짠 젖은 치마폭에다 젖먹이 안듯 날 싸안고는 조용히 자장가를 불렀어. 곰실곰실 파고드는 따사로운 햇살에 내 젖은 몸은 점점 말라 갔어. 난 엄마 가슴에다 얼굴을 묻었어. 이처럼 아늑한 품이 또 있을까. 난 눈을 꼬옥 감고 졸음 같은, 아득하고도 느긋한 느낌에 빠져들었지. 여덟 짝 대웅전 꽃살문이 스르르 열리더라. 그러더니 단청 고운 꽃살문의 연꽃 무늬들이 화르르 살아났어. 연꽃들은 한 쪽으로만 굽히며 한들한들 물결쳤어. 알 수 없는 향내를 풍기면서. 그 동안 난 꿈을 꾸었었구나. 한바탕의 신산스러운 꿈을 꾸었었구나. 그런 생각을 하며 난 꽃밭에 묻혔어.

"잠들어라 새야."

부처님이 그러셨어.

"눈을 뜨면 너는 다시 새가 되리라."

그 순간 내 몸은 새가 되었어. 난 깊은 하늘 속으로 파닥거리며 날아올랐어. 종 모양의 풍경이 울렸어. 아주 알따랗게. 그러자 새가 된 내 심장에서 방울방울 피가 솟았어. 솟은 피는 내 보드라운 가슴털을 물들이고, 여린 발가락을 적시고, 땅으로 떨어졌어. 참을 수 없는 통증이 심장을 후볐어. 아, 멈추지 않을 나의 피!

애야, 내 얘기는 여기까지란다.

잎새에 이는 바람

1. 일본 후쿠오카 형무소

푸른 죄수복을 입은 조선 청년 오십여 명이 주사를 맞으려고 시약실(약을 주거나 주사를 놓는 방) 앞에 쭉 늘어서 있습니다. 모두들 뼈만 남은 앙상한 모습입니다. 번호가 앞선 시인은 병감(감옥 안에 있는 병실) 의자에 앉아 차례를 기다립니다. 온몸의 뼈가 다 드러나게 말랐지만 시인의 눈은 깊고 온화합니다.

형무소 근처 하카타 만의 파도 소리가 달려옵니다.

시인은 골똘히 파도 소리를 듣습니다.

유리창이 덜커덩 흔들리자 창 밖 멀리에 나무들이 으르르 가지를 뗍니다. 아직 1월이 끝나지 않았으므로 바람은 겨울 바람입니다. 바람의 등을 나비가 홀쩍 탑니다.

나비를 등에 태운 바람은 병감 쪽으로 슬멋슬멋 다가갑니다. 간수가 출입문을 열고 나가는 사이, 나비는 안으로 들어갑니다. 나비는 연분홍빛 고운 날개를 파르르 떨며 얄따란 몸을 뒤척입니다.

'한겨울에 나비라니!'

시인이 황급히 손을 내밀어 나비를 맞이합니다.

나비는 아래로 아래로 내려와 살포시 나래를 접습니다.

시인은 검지손가락으로 나비의 날개를 쓰다듬습니다.

보드랍습니다.

너무 보드라워서 호르르 말릴까 봐 시인은 쓰다듬기를 멈추고 그 대신 나비를 들여다봅니다.

"음!"

시인의 입에서 신음 소리가 흘러 나옵니다.

나비는, 한 장의 꽃이파리였습니다.

눈 속에서도 피어나는 매화꽃 꽃이파리!

'밖에선 봄이 오고 있구나.'

시인은 두근거리는 가슴을 진정하려 눈을 감습니다.

경성(서울)에서 두만강변 상삼봉역 2천2백40여 리.

다시 용정역 기찻길 2백 리.

고향 북간도가 보입니다.

산으로 둘러싸인 아늑한 큰 마을 명동이 보입니다.

하늘을 찌를 듯이 서 있는 선바위 삼 형제.

가끔씩 녹슨 화살이 발견되던 바위 뒤의 옛 산성.

가랑나무 우거진 기슭에 풍금 소리 은은하던 교회당.

앞 강가 버들 숲 방천에 버들강아지가 바람에 일제히 허리를 굽힙니다.

'기와를 얹은 큰 대문 마당에는 자두나무가, 집 뒤쪽 좌우의 과수원에는 자두와 살구나무가, 봄이면 꽃들을 하얗게 피워 냈었지. 꿀벌들은 붕붕 날고, 봄새들은 비비뱃종 우짖고……'

시인은 과수원 울타리로 둘러친 뽕나무 그늘에 앉아 봅니다. 입술이 새파래지도록 오디를 따 먹던 어린 시절이 거기에 있습니다.

'동쪽 쪽대문 밖 우물로 달려가 수십 길 우물물을 길어서는 오디물 범벅이 된 입술을 씻었지. 우물 속을 들여다보고 소리치면 속에서 울리던 맑은 소리. 우물 속에는 달이 밝고 구름이 흐르고 하늘이 펼치고 파아란 바람이 불고 가을이 있[1]었지.'

---

1) 윤동주 시인의 시 「자화상」 중에서

시인은 뽕나무 그늘에 누워 한가로운 구름을 봅니다.

'히이잉…….'

구름 위에서 어릴 적 당나귀가 웁니다.

'음머어.'

구름 위에서 눈매가 어진 황소가 웁니다.

아버지의 삼베 적삼 걸치고 산으로 소를 몰던 기억이 어제인 듯 눈에 선합니다.

'저녁 무렵이면 어머니 손을 맞잡고 슬컹슬컹 콩맷돌을 돌렸었지. 두부가 익기를 기다리던 어린 동생들. 붉은 이마에 싸늘한 달이 서리어 아우의 얼굴은 슬픈 그림이다. … "너는 자라 무엇이 되려니" "사람이 되지" … 진정코 서러운 아우의 대답이다. …[2]"

"후유…….”

시인은 병감 안 딱딱한 나무 의자에 앉아 그리움의 한숨을 쏟습니다. 겨울 바람이 병감의 창문을 흔듭니다.

시인은 폭설이 내리던 날, 마을 사람들과 함께 노루와 멧돼지를 잡던 일을 떠올립니다. 절구통 위에 귤 궤짝을 올려놓고 웅변 대회 연습을 했던 일은 용정으로 이사한 은진 중학 2학년

---

2) 시 「아우의 인상화」 중에서

때의 일입니다. 물사발이 마당으로 휙휙 날던 일도 생각납니다. 가라는 의과 대학은 안 가고 배고픈 문과를 간다고 아버지는 물사발을 내던지며 화를 내셨습니다. 그래도 아버진 여름 방학에 집에 내려와 외출을 할 때면 슬며시 대학 모자를 챙겨 주셨습니다.

'새벽 눈길을, 옷 두껍게 껴입고 벙거지 뒤집어쓰고 개가죽 버선을 신고 걸어다녔지.'

시인은 성탄절 찬송가를 부르러 다니던 어린 시절이 생각나 코끝이 찡합니다.

'피난처 있으니 환난을 당한 자 이리 오라.'

시인은 마음 속으로 찬송가를 부릅니다.

"이보게들."

주사기에 약을 넣던 옥의(감옥의 죄수들을 치료하는 의사)가 점잖게 죄수들을 부릅니다. 눈 감고 먼 고향을 쏘다니던 시인이 그 소리에 눈을 뜹니다.

"생각해 보게. 어디 조선이 독립되겠나? 앞길이 창창한 머리 좋은 재주꾼들이 이런 헛고생을 하다니! 조선이 독립된다는 건 자네들 꿈이네. 어서 꿈들을 깨게."

옥의는 딱하다는 표정을 짓습니다.

한 달 전, 간수의 인솔을 받아 병감으로 들어왔을 때도 옥의는 조선 사람 죄수들을 휙 둘러보며 똑같은 말을 했습니다. 그때도 옥의는 딱하다는 표정이었습니다.

"나는 개업을 하고 있던 의사요. 군의관이 되어 전쟁터로 가기에는 나이가 많아서 대신 감옥에서 일할 의사로 징발되어 왔소. 자, 여러분, 이건 아주 쉬운 계산 문제요. 암산을 해서 연필로 답을 쓰도록 하시오."

옥의는 자기 소개를 하며 암산 용지를 두세 장씩 나누어 주었습니다. 암산 용지에는 간단한 덧셈 뺄셈 문제가 수백 개 가량 나와 있었습니다. 죄수들은 영문도 모른 채 열심히 답을 써 내려갔습니다.

5분 가량이 지나서였습니다.

"그만!"

옥의가 답안지를 거두었습니다.

"나도 의학을 배우다 여기로 끌려왔소. 그런데 이런 건 무엇 때문에 하는 거요?"

한 젊은 죄수가 당차게 물었습니다.

"전쟁을 승리로 이끌기 위해 여러분의 도움이 필요하오. 별다른 일은 아니니 신경 쓸 것 없소."

옥의는 웃으면서 주사기를 꺼냈습니다. 그러고는 죄수들의 팔에 주사를 놓았습니다. 죄수들은 무슨 주사며 무엇 때문에 맞는지도 모른 채 팔을 내밀어야 했습니다.

그 뒤, 주사를 맞으러 올 때마다 옥의는 암산 용지를 나누어 주었습니다. 며칠이 지나자 젊은 죄수들의 암산 능력은 거의 반으로 떨어졌습니다. 일주일이 지나면서부터는 틀린 답투성이가 되어 갔습니다. 몸들도 눈에 띄게 수척해졌습니다.

"지금 우리들은 생체 실험을 당하고 있소. 우린 저놈들의 인간 모르모트(실험용 흰 쥐)인 셈이오."

옆에 있던 죄수가 창백한 얼굴로 시인에게 속삭였습니다.

주사를 맞은 이후로 이백오십여 명의 죄수들이 죽어 나갔습니다. 주사를 맞기 전인 지지난 해 예순네 명에 비하면 거의 네 배나 되는 주검이었습니다.

"자, 그 다음!"

옥의가 재촉을 합니다. 차례가 된 시인은 잠자코 뼈만 남은 팔을 내밉니다. 10CC 정도의 이름을 알 수 없는 주사액이 혈관으로 흘러듭니다.

'나의 늙은 의사는 젊은이의 병을 모른다. … 이 지나친 시련, 이 지나친 피로, 나는 성내서는 안 된다. …[3]'

---

[3] 시 「병원」 중에서

시인은 속으로 중얼거립니다.

시인은 다시 북 3사 108호, 사방이 꽉 막힌 독방으로 돌아옵니다. 지난 해 초여름 오후, 간수의 지시에 따라 얇고 푸른 이불을 받쳐 들고 그 위에 베개와 밥통 하나를 얹고 들어섰던 방입니다. 낮에도 십 촉짜리 알전구가 없으면 앞이 안 보이는 이 방은 누우면 발이 벽에 닿을 정도인 관 속 같은 방입니다.

간수가 쇠창살문을 열자 포르말린과 오물 냄새가 사정없이 코를 찌릅니다. 형무소로 온 지 일 년이 되어 가는 지금도 이 냄새는 몹시 역겹습니다. 시인은 나오려는 구역질을 간신히 참으며 구석에 놓인 간장통 모양의 나무 변기를 외면합니다.

"철커덩!"

등 뒤에서 쇠문이 잠깁니다. 아침 청소, 변기통 교환, 식사, 며칠 만에 한 번씩 하는 운동, 그리고 일감이 들어오고 나갈 때만 하루에 다섯 번 정도 열리는 쇠문이 저렇게 절벽 같은 소리로 닫힙니다.

간수의 발 소리가 멀어집니다. 밤이나 낮이나 켜 있는 십 촉짜리 알전구가 죽음처럼 어둡습니다. 시인은 초롱초롱 빛나던 고향의 별빛을 떠올립니다.

'… 별 하나에 추억과 별 하나에 사랑과 별 하나에 쓸쓸함과 별 하나에 동경과 별 하나에 시와 별 하나에 어머니, 어머니. 어머님, 나는 별 하나에 아름다운 말 한 마디씩 불러 봅니다. 소학교 때 책상을 같이 했던 아이들의 이름과, 패, 경, 옥 이런 이국 소녀들의 이름과, 벌써 애기 어머니 된 계집애들의 이름과, 가난한 이웃 사람들의 이름과, 비둘기, 강아지, 토끼, 노새, 노루, 프랑시스 잠, 라이너 마리아 릴케 이런 시인의 이름을 불러 봅니다.[4] 그러나 어머님, 저는 이렇게 조롱에 갇힌 새가 되었습니다.'

시인은 가만가만 터져 나오는 울음을 그대로 둔 채 어두운 벽을 쾅쾅 두들깁니다.

"슬퍼하는 자는 복이 있나니, 슬퍼하는 자는 복이 있나니, 슬퍼하는 자는 …, 저희가 영원히 슬플 것이오.[5]"

가죽만 남은 손이 터져 피가 납니다.

이틀 뒤, 날씨가 싸늘한데도 시인은 해골 행진을 하고 왔습니다. 발가벗은 죄수들이 수건 하나 달랑 들고 줄을 지어 목욕하러 가는 것을 여기서는 해골 행진이라고 부릅니다.

"서둘러라."

---

4) 시 「별 헤는 밤」 중에서
5) 시 「팔복」 - 마태복음 5장 3절~12절 중에서

간수가 호령을 합니다. 수도꼭지를 타고 흐르는 물이 뼛속을 후빕니다. 목욕을 끝내고 다시 방으로 들어서는데 방이 빙그르르 돌고 변기통이 우줄우줄 춤을 춥니다. 십 촉짜리 알전구가 눈부셔 눈을 뜰 수가 없습니다.

간수가 투망을 짜라고 일감을 넣어 줍니다. 시인은 떨리는 손으로 명주실을 집어 듭니다.

독방 감옥에서는 일을 하는 것도 형벌이고 일 없이 하루 종일 앉아 있는 것도 형벌입니다. 그 동안 시인은 손이 닳도록 풀을 묻혀 봉투를 붙였고 목장갑의 코를 꿰었고 이제는 명주실로 어망을 뜹니다.

시인은 얼어 터진 손으로 한 코 한 코 투망을 뜹니다. 어머니를 닮아 솜씨가 좋은 시인은 명주실 어망을 남보다 꼼꼼하게 잘 엮습니다. 그러느라 겨울 내복의 왼쪽 소매와 왼쪽 가슴은 닳고 닳아 헝겊의 올이 풀어지고 잔구멍이 뿡뿡 났습니다.

투망 한 코를 뜨면 고통스럽던 생각 하나가 엮어집니다. 시인은 간간이 손을 쉬고 눈을 감습니다.

"주님, 어제도 오늘도 다 잊게 해 주십시오. 저를 고통으로 몰아넣었던 사람들도 잊게 해 주십시오. 저들은 저들이 하는 짓이 죄인 줄을 모르고 있습니다. 주님, 저에게 용서할 수 있는 은총을 주시어 저들을 용서하게 하옵소서. 저에게 축복을 내려 주시듯이 저들에게도 축복을 내려 주시옵소서. 그리고 간절히 원하옵건대 저들의 손아귀에서 우리 민족을 구해 주시옵소서."

시인의 몸에 펄펄 열이 납니다.

다시 투망을 뜹니다.

"1943년 7월 14일. 치안 유지법 위반 혐의로 체포. 교토 시 시모가모 경찰서에 유치 조사. 다음 해 3월 31일 교토 지방 재판소에서 징역 2년 선고."

투망 안에서 소리가 소리를 지릅니다.

"너는 국체 변혁의 목적을 가지고 결사를 조직하려 했던 자다. 너는 그것을 지원하고 준비하고 실행하려 했던 자다."

"피고인 히라누마 도오츄으는 치안 유지법 제5조에 의거 2년 형에 처한다."

겨우겨우 떠 가는 투망 안에서 검사와 판사가 호통을 칩니다.

시인은 몸서리를 칩니다.

"푸른 강물에 사는 물고기들아, 너희는 이 투망에 한 마리도 잡히지 말거라."

시인은 방금 뜬 투망을 풀어 버립니다.

"뭣들 하고 있나? 오늘 할당량을 못 채우면 저녁밥은 없는 줄 알아라."

간수가 쇳소리를 지릅니다.

시인은 좍좍 투망을 품니다.

하루가 속절없이 지나갑니다.
"소등."
간수의 명령과 동시에 뎅거덩 감방의 불들이 꺼집니다. 시인은 고단한 몸을 뉘며 신음합니다.

'… 이제 내 좁은 방에 돌아와 불을 끄옵니다. 불을 켜 두는 것은 너무나 피로운 일이옵니다. 그것은 낮의 연장이옵기에ㅡ. … 하루의 울분을 씻을 바 없어 가만히 눈을 감으면 마음 속으로 흐르는 소리 …[6]'

시인은 그 밤을 열에 들떠 꿈 속처럼 보냈습니다.

꿈 속에서 시인은 늘 길을 잃어버렸습니다. 무얼 어디다 잃었는지 몰라, 두 손이 주머니를 더듬어, 길에 나아갑니다. … 돌담을 더듬어 눈물짓다 쳐다보면 하늘은 부끄럽게 푸릅니다. …[7]

시인은 '기상'이라고 외치는 간수 소리에 무거운 눈을 뜹니다. 2월의 새벽에는 해가 없어 밖은 아직도 컴컴합니다. 그래

---

6) 시 「돌아와 보는 밤」 중에서
7) 시 「길」 중에서

도 간수는 다섯 시 반만 되면 어김없이 기상을 외칩니다. 시인은 기듯 일어나 세수를 하고 마룻바닥에 물걸레질을 합니다. 배설물이 담긴 변기통을 복도에 내놓으려는데 발이 휘청거립니다. 요즘 들어 변기통이 볏섬만큼이나 무겁습니다.

"정좌!"

간수가 소리칩니다. 아침 청소 다음은 묵상입니다. 시인은 바르게 앉으려 애쓰며 눈을 감습니다. 무수한 벌레들이 눈 속을 오갑니다. 벌레 두 마리가 점점 커지더니 시인을 욕하며 발길질합니다.

교토 다께다 아파트에 하숙방이 시인의 감은 눈에 나타납니다.

눈 속의 벌레 두 마리가 번갈아 소리칩니다.

'우린 특고(특별고등경찰)들, 사상 탄압을 전문으로 하는 특수 조직의 형사들이다.'

'너를 조선인 학생 민족주의 그룹 사건으로 체포한다.'

'나는 다만 조선의 젊은이로서 민족의 장래를 걱정하고 민족 의식의 각성과 문화를 지키는 일에 대해 얘기했을 뿐입니다. 나와 얘기했던 사람은 동갑내기 고종 사촌 형 송몽규와 몇몇 친구들뿐입니다.'

'그게 죄가 되는 줄 너는 몰랐느냐?'

'……'

'너는 언젠가 동생한테 이제는 조선말도 글도 못 쓰게 됐으니 곧 조선말 인쇄가 다 사라질 것이다. 그러니 조선말로 된 것은 악보까지도 모두 사서 모으라고 말한 적이 있었지?'

'어떻게 그런 것까지도!'

정좌 중이던 시인이 주먹을 꽉 움켜쥡니다.

벌레들이 의기양양한 얼굴로 킬킬거립니다.

'우린 네가 가는 곳마다 만나는 사람마다 철저히 감시했다. 네가 살았던 다께다 하숙집에서도 몰래 엿듣고, 가모노오오하시 다리를 건너 다니던 도지샤 대학도 미행했다.'

'……'

'야시장 노점에서 친구들과 참새고기를 먹을 때에도, 교토의 은각사와 상국사를 거닐 때에도, 비파호를 바라보며 네 민족을 생각하고 비탄에 잠길 때에도, 우린 널 감시했고 미행했고 낱낱이 기록했다.'

시인이 귀를 막고 몸을 비틉니다.

'나는 말하고 싶은데 저들은 침묵하라 하네.

나는 노래하고 싶은데 저들은 하지 말라 하네.

서고 싶은데 앉으라 하고 잠자고 싶은데 일어나라 하고

아, 사랑하고 싶은데 죽으라 하네……'

소리가 시인을 부릅니다. 소리는 엄숙하게 외칩니다.

'너희는 노예이니라. 세상에서 가장 가혹한 주인을 섬겨야 하는 노예이니라. 노예는 사람이되 사람이 아니며 짐승이 아니되 짐승이니라. 무릎을 꿇어라. 머리를 숙여라. 기어라. 핥아라. 죽어라. 노예에겐 영혼이 없고 낙엽 같은 육신만 있을 뿐이니, 노예는 오줌이요 똥이요 그걸 먹고 사는 천한 벌레이니라. 그러나 그런 목숨조차도 주인의 소유이니라. 으하하하하!'

"무섭구나!"

시인의 몸이 부들부들 떨립니다.

'거 나를 부르는 것이 누구요 … 나 아직 여기 호흡이 남아 있소 … 한 번도 손들어 보지 못한 나를, 손들어 표할 하늘도 없는 나를, 어디에 내 한 몸 둘 하늘이 있어 나를 부르는 것이오. 일을 마치고 내 죽는 날 아침에는 서럽지도 않은 가랑잎이 떨어질 텐데……, 나를 부르지 마오.[8]"

시인은 두 손으로 얼굴을 감쌉니다.

30분이 지났습니다.

간수 부장의 점검이 시작되었습니다.

"번호!"

---

8) 시 「무서운 시간」 중에서

간수의 명령에 죄수들이 큰 소리로 번호를 말합니다. 이름은 없고 숫자만 있는 저 처량맞은 번호, 번호, 번호들이 형무소의 긴 복도에 메아리칩니다.

 108호의 자물쇠가 덜커덕 열립니다. 시인은 모기만 한 소리로 번호를 말합니다. 간수 부장이 힐긋 쳐다보고는 다음 방으로 갑니다.

 점검이 끝나자 철문 아래쪽에 있는 조그마한 밥구멍 문이 열립니다. 꽁보리밥에 단무지 몇 쪽, 묽은 된장국 한 그릇이 쇠철문 안으로 들어옵니다.

 하루 세 끼.

 세 번.

 세 마디.

 시인의 말 상대자는 밥을 주는 사람뿐입니다.

 "고맙소."

 시인은 입술만 겨우 달싹여 들릴 듯 말 듯 말합니다.

 시인은 가슴 속 어머니께 말합니다.

 '어머니, 대동강 물로 끓인 국, 평안도 쌀로 지은 밥, 조선의 매운 고추장[9]을 먹고 싶습니다. 어머니가 끓여 주시는 구수한

---

9) 시 「식권」 중에서

조선의 된장국이 먹고 싶습니다.'

'오냐, 아들아. 어서 거기서 나와 집으로 오렴.'

어머니가 측은한 눈길로 바라봅니다. 시인은 밥을 뜨다가 맙니다. 점점 숟가락 들기가 힘에 부칩니다.

쇠문 중간에 있는 감시 구멍 문을 열고 간수가 들여다봅니다. 그러곤 습관처럼 무심히 등을 돌립니다.

열에 들뜬 시인이 헛소리를 합니다.

"어머니, 여름에 독방형은 견디기 어려운 고행입니다. 딱딱한 마룻바닥에 앉아 열두 시간 작업을 하면 팔다리, 온몸이 저립니다. 한여름의 무더위로 가슴이 답답하고 숨이 막힙니다. 어두운 감옥, 어두운 세상, 어두운 내일. 어머니, 허락해 주십시오. 차라리 죽겠습니다."

'해환아, 여름이라니? 지금은 겨울이란다. 죽겠다니? 이제 아홉 달만 꾹 참으렴. 11월 30일이면 석방이야. 너는 자유다. 어서 밥을 먹고 기운을 차리거라.'

어머니가 숨가쁘게 시인의 어릴 적 이름을 부릅니다.

2월에 들어서도 이름 모를 주사는 계속되었습니다.

시인의 모습은 뼈에 가죽만 씌워 놓은 것처럼 변했습니다. 2월도 보름이나 지난 다음 날 한밤중입니다.

"어어머니이!"

슬픈 짐승 같은 높다란 외마디가 108호 쇠창살문을 뚫습니다. 복도에 드리워진 찬 달빛을 밟고서 간수가 저벅저벅 다가옵니다.

"죽었구나! 참 얌전한 사람이었는데……."

감시 구멍을 열어 보던 간수가 손목시계를 봅니다.

-1945년 2월 16일 금요일 오전 3시 36분 사망. 27세 2개월.

간수는 수첩을 꺼내어 적습니다. 그러고는 사상범이 있다는 표시로 쇠창살문 옆에다 달아 놓았던 '엄정(엄숙하고 바르게)' 패찰을 뗍니다.

복도를 달려오는 사람들의 발걸음 소리가 밀폐된, 어두운 방을 울립니다.

2. 아이와 시비

어느 일요일입니다. 여섯 살배기 남자 아이가 대학교 교정 안에 있는 시비(시를 써 놓은 비석) 앞에 서서 소리내어 시를 읽습니다.

"죽는 날까지 하늘을 우러러 한 점 부끄럼이 없기를, 잎새에 이는 바람에도 나는 괴로워했다. 별을 노래하는 마음으로 모든 죽어 가는 것을 사랑해야지. 그리고 나에게 주어진 길을 걸어가야겠다.[10]"

아이는 방금 까만 돌 위에 내리닫이로 써 있는 시를 읽은 게 아주 대견합니다. 그래서 배를 한 번 쑤욱 내밉니다. 엄마한테 한글을 배우고 나서부터 아이는 글씨로 보이는 것은 뭐라도 큰 소리로 읽습니다. 대학교 근처에 사는 아이는 심심하면 곧잘 시비 앞으로 와서 놀곤 합니다. 아이는 하도 여러 번 이 시를 읽어서 이젠 외울 수도 있습니다.

"오늘 밤에도 별이 바람에 스치운다.[11]"

아이가 나머지 시를 다 읽고 났을 때입니다.

"얘야!"

아주 가까이에서 웬 젊은 사람이 아이를 부릅니다. 아이는 시비를 들여다보던 눈길을 소나무 쪽으로 돌립니다.

"이리로 오렴!"

그 사람은 벚꽃 그늘에 반쯤 가려진 벤치에 다리를 꼬고 앉아서 옆자리를 눈짓으로 가리킵니다. 아이가 다가가자 그 사람이 말합니다.

"난 저 시를 쓴 사람이란다."

"화아!"

---

10) 시 「서시」 중에서
11) 시 「서시」 중에서

아이는 시를 쓴 사람을 만난 게 하도 반가워서 입으로 바람 소리를 냅니다. 시인이 빙그레 웃습니다. 아이는 시인의 무릎에다 손을 얹고 삼촌한테 하듯 말하면서 슬쩍 제 몸을 기댑니다.

"근데 아저씬 왜 머리를 빡빡 깎았어?"

"그거언……, 아저씨인……, 죄인이었으니까."

아이가 킬킬 웃다 말고 심각한 표정으로 팔에 기대었던 머리를 듭니다.

"그럼 아저씬 나쁜 사람이야? 왜 죄인이 됐어?"

"나도 내가 왜 죄인이 됐는지 몰라."

"모르는데도 죄인이야?"

"형사들이 붙잡아 놓고 넌 죄인이다 그러면 다 죄인이 되는 때였어, 그 때는."

"에이, 그런 법이 어딨어."

아이는 아저씨의 말이 엉터리 같아서 헤헤헤 웃습니다. 시인이 아이의 머리를 쓰다듬으며 슬프게 말합니다.

"얘야, 어쨌든 아저씬 죄인이었단다."

"으응, 그래서 속상해서 이렇게 빼빼가 됐구나."

아이가 시인의 수척한 얼굴을 어루만집니다.

"주사를 맞아서 그래, 강제로."

"주사?"

주사라면 아이도 질색입니다.

"아저씨도 주사 맞을 때 울었어?"

"응, 울었어. 어렸을 때부터 아저씬 울보였거든. 정말 싫었어."

"그럼 도망가지."

"우리 죄수들은 도망을 못 가."

"왜?"

"담이 너무 높아서. 방문도 쇠문이었고. 우린 죄인이었거든."

아이가 안됐어 하며 말합니다.

"그럼 과자처럼 납작한 사람이 돼서 아주아주 큰 새를 타고 가지."

"그래도 숨을 데가 없었어. 하늘도 땅도 바다도 다 빼앗겼었거든. 애야, 미안하다. 우린 나라를 빼앗겼었단다."

아이가 얼굴을 찡그립니다. 시인이 아이를 번쩍 안아 무릎에 앉힙니다. 꽃그늘이 출렁 흔들리더니 꽃잎들이 떨어져 흩어집니다.

"꽃눈이구나."

"눈 아니야, 그냥 꽃이야."

아이가 시인의 말을 고쳐 줍니다. 시인이 고개를 젖혀 벚꽃

무더기를 올려다봅니다. 꽃가지 틈새로 4월의 하늘이 파랗습니다.

"아, 자유!"

시인은 목이 메어 말끝을 떱니다.

"아저씨, 자유 갖고 싶어? 그럼 내가 줄까?"

아이가 주머니에 있던 스티커를 꺼냅니다. 스티커를 받아 든 시인은 머리 위에 하얀 비둘기를 이고 있는 소년을 찬찬히 들여다봅니다. 스티커 밑엔 '자유의 용사 번개돌이'라고 쓰여 있습니다. 시인의 눈에 눈물이 돕니다.

"자유 받아서 슬퍼, 아저씨?"

"아니, 기뻐."

"그럼, 울지 말고 웃어."

아이가 작은 손으로 눈물을 닦아 줍니다. 시인은 솜털이 보송보송한 아이의 이마에다 살짝 입을 맞춥니다. 아이가 간지러웠는지 어깨를 한 옴큼 옴츠렸다 폅니다.

"얘야, 이 자유는 네가 가지고 있어라. 그리고 절대로 잃어버리지 말아라. 절대로!"

"응, 알았어. 그럴게."

아이는 선선히 손가락을 내걸고 시인과 약속 도장을 찍습니다. 아이가 시인의 무릎을 베고 눕더니 노래를 송송송 부릅니다.

"죽는 날까지 룰루, 하늘을 우러러 랄라, 한 점 부끄럼이 없기를 음음."

시인이 희미하게 웃습니다.

"별을 노래하는 마음으로 룰루, 모든 죽어 가는 것을 랄라, 사랑해야지 음음."

하! 아이가 하품을 합니다. 아이의 가슴을 시인이 토닥여 줍니다. 아이의 눈이 스르르 감기더니 이내 쌕쌕 잠이 듭니다. 시인은 자는 아이의 얼굴을 가만히 들여다봅니다.

얼마 뒤, 아이가 반짝 눈을 뜹니다.

늘어지게 기지개를 켜고 난 아이는 왠지 허전해서 이리 저리를 둘러봅니다.

벤치가 없습니다.

시인 아저씨도 없습니다.

아이는 일어나 옷에 덮였던 꽃이불을 텁니다.

바람이 살랑살랑 푸른 잎새를 흔듭니다.

후루룩, 꽃눈이 쏟아집니다.

"시인 아저씨, 안녕! 안녀엉!"

아이는 잎새에 이는 바람을 향해 손을 흔듭니다.

꽃가지 틈새로 푸른 하늘이 열렸다 닫힙니다.

긴
하
루

1945년 8월 15일, 중리 마을의 소학교는 방학 중이었습니다. 그렇지만 학교 실습 농장의 책임자인 데라우치 선생님이 소집을 해서 학생들은 아침부터 학교에 나왔습니다.

윗학년 학생들은 손수레로 흙을 실어나르거나 퇴비를 만들거나 했습니다. 아래 학년 학생들은 풀을 뽑기도 하고 벌레를 잡기도 했습니다. 3학년 4반 순이네 반은 바로 데라우치 선생님이 담임이었는데 감자밭을 맡겼습니다.

한낮이 되자 감자밭은 점점 뜨거워졌습니다. 뙤약볕을 가리려고 머리에다 두른 수건 밑으로 땀이 뚝뚝 떨어졌습니다. 등

줄기가 젖은 지는 오랩니다. 하도 목이 타니까 물 한 바가지 꿀꺽꿀꺽 마셨으면 좋겠다는 생각이 간절했습니다. 순이는 어디 떠다 놓은 물이 없나 해서 고개를 들었습니다. 바로 그 때 호루라기 소리가 날카롭게 울렸습니다. 순이는 깜짝 놀라 그대로 밭둑에 주저앉았습니다.

"교실로 집합!"

바로 귀 밑에서 카랑카랑한 목소리가 들렸습니다. 감자밭 가에 데라우치 선생님이 와 있는 걸 순이는 김매느라 몰랐습니다.

아이들이 후닥닥 교실로 뛰었습니다. 손에 묻은 흙을 털 새도 없습니다. 늦으면 기합이요, 잘못하면 주먹따귀입니다. 오늘 아침에도 맨 꼴찌로 왔다고 호되게 머리통을 쥐어박혔습니다. 순이는 길자보다도 만득이보다도 앞서 달렸습니다.

교실에 와 보니 선생님은 없었습니다. 창 너머 하늘을 보았습니다. 파란 하늘엔 뭉게구름 덩이만 띄엄띄엄 누워 있었습니다. 누가 목화밭의 하얀 솜을 모조리 따다가 하늘에다 펴놓았을까요? 구름은 푹신해 보였습니다. 하지만 소나기 한 줄기는 영 글렀습니다. 구름빛이 먹장구름하고는 멀었습니다.

순이는 귀청이 떨어져라 외치는 '차렷!' 소리에 화들짝 놀라 고개를 돌렸습니다. 교단 위에는 어느새 선생님이 와 있었습니다.

"어머나!"

순이는 저도 모르게 그런 말을 했습니다. 선생님의 얼굴은 핏기가 하나도 없어 종잇장 같았습니다. 무언가 심상치 않은 일이 생긴 듯했습니다. 선생님은 아무 말도 안 하고 가만히 학생들을 보았습니다. 그러는 선생님은 아주 슬퍼 보였습니다. 학생들은 모두들 숨을 죽이고 선생님을 바라보았습니다. 잠자코 돌아선 선생님은 칠판 위에 걸린 일장기를 향해 두 손을 번쩍 들었습니다.

"덴노헤이카 반자이(천황폐하 만세)!"

선생님은 만세를 불렀습니다. 천황폐하란 말을 들으면 늘 차렷 자세를 해야 했습니다. 엉겁결에 아이들 몇이 자리를 박차고 일어났습니다. 매미가 자지러지게 울어 댔습니다.

"다들 집으로 돌아가거라."

고개를 가슴까지 떨어뜨리고 선생님은 나가 버렸습니다.

데라우치 선생님이 슬퍼할 때가 다 있다니!

일본 사람도 슬퍼할 일이 다 있다니!

아이들은 풀을 뽑느라 시커메진 손들을 책상 위에 올려놓고 있었습니다. 그뿐 아무도 움직이질 않았습니다.

"어떻게 할 거여?"

윗마을 찬웅이가 급장의 얼굴을 살폈습니다.

"선생님이 가라시잖어."

급장은 벌써 도시락을 싼 보자기를 허리에 동이고 있었습니다. 그제야 아이들은 덩달아 하나 둘 일어났습니다. 술렁거리는 소리들이 어슷어슷 섞이면서 교실은 잠시 소란스러워졌습니다. 운동장을 둘러싼 생울타리가 제 그림자를 깔고 있었습니다. 아무래도 김매는 일이 끝나 집으로 돌아가기에는 아직 이른 시간이었습니다.

순이는 쫓기듯 교문 밖으로 나왔습니다. 논 위를 날아가는 참새 떼들의 날갯짓 소리가 제법 기운찼습니다. 논둑에서는 개구리가 펄떡펄떡 뛰어올랐습니다.

"잘 가!"

"낼 봐!"

동무들과 헤어진 순이는 집으로 가는 오솔길로 들어섰습니다. 오솔길은 노을 속을 걷는 늙은 소의 등처럼 붉었습니다. 순이는 길섶 꽃무더기에서 꽃 한 송일 꺾어 머리에 꽂았습니다. 머리에다 꽃을 꽂으니 노래가 절로 나왔습니다. 순이는 흥얼흥얼 노래를 불렀습니다.

그림 같은 말을 타고 천리 고개를 넘어가니
곱사등아 문 열어라 네 얼굴을 다시 보자

점실 언니는 이 노래를 잘도 불렀습니다. 동글납작하니 착해서 마을 사람들은 언니를 부잣집 맏며느리라고들 했습니다. 6학년 때 담임이었던 데라우치 선생님은 점실 언니를 정신대 명단 맨 앞에다 써 넣었습니다. 그 바람에 점실 언니는 일본 군인들이 있는 전쟁터로 끌려갔습니다. 열여섯 꽃다운 나이였습니다. 언니는 다홍 댕기 펄럭이며 울며불며 끌려갔습니다. 그러곤 소식이 끊겼습니다.

점실 언니의 아버지는 대갈장군이었습니다. 수박보다 더 큰 머리가 무거워서 걸을 때마다 건들건들 고갯짓을 했습니다. 지게를 지고 갈 때는 더 심했습니다. 그래도 솔가지 나뭇짐엔 연분홍 진달래가 한 묶음씩 꽂혀 있었습니다.

"어이구, 내 딸 점실아! 점실아!"

언니 아버지는 고갯마루에 앉아 종일토록 딸의 이름을 불렀습니다. 그러다 몸져 누워 몇 날 며칠을 앓았습니다. 홀아비였던 점실 언니 아버지의 무덤은 지금 풀만 우거져 있습니다.

너는 죽어 꽃이 되고 나는 죽어 나비 되고

나비 됐다 서러워 말고 꽃밭에 앉아서 팔팔 날으면
난 줄 알아라

순이는 나머지 노래를 마저 불렀습니다.

엄지손톱만 한 나비가 길가 풀숲에 앉더니 청보라 깃을 접었습니다.

'점실 언니는 나비가 되었을 거야.'

순이는 제풀에 깜짝 놀라 생각을 털어 냈습니다. 점실 언니가 죽었다고는 생각하고 싶지 않았습니다. 먼 데 미루나무 아래에서 음매! 송아지가 울었습니다.

아기바람이 쇄쇄쇄 옥수수 잎을 흔들고 가자 땀에 젖은 베적삼이 서늘해졌습니다. 순이는 집을 향해 달려갔습니다.

열려 있는 분합문으로 뒤꼍 대나무 잎이 한들거릴 뿐, 집은 텅 비어 있었습니다.

"고추밭 김매는 일이 한창이시겠다."

엄마는 요 며칠 새 얼굴이 더 새카맣게 탔습니다.

'어서 가서 동생을 봐야지.'

세 살배기 중구는 밭고랑을 따라다니며 칭얼거릴 겁니다. 아니면 나무 그늘 밑에서 울다 지쳐 자고 있을 겁니다.

순이는 우물가로 갔습니다. 첨벙! 두레박 떨어지는 소리만

들어도 가슴이 시원해졌습니다. 우물물을 발에다 좍 부었습니다. 고무신 위로 흙물이 뽀그르르 올라왔습니다. 그걸 재미있게 보고 있는데 우물 뒤에서 누군가가 불쑥 솟았습니다.

"히히힛!"

"아이구머니나!"

홍구 큰오라버니였습니다. 서울에 있는 세브란스 의과전문학교에서 의사 공부를 하던 오라버니는 아버지 어머니의 희망이자 중리 마을의 자랑이었습니다.

"쓸어 버려. 모조리 싹싹 쓸어 버려."

바보같이 웃고 있던 큰오라버니가 갑자기 무서운 얼굴로 싸리비질을 하기 시작했습니다. 읍내 일본 형사들한테 붙잡혀 갔다 온 뒤부터는 줄곧 그랬습니다. 방학에 내려와서 야학을 한 게 탈이었습니다. 아버지는 데라우치 선생님이 읍내 지서에다 없는 말을 일러바친 걸 알고 이를 갈았습니다. 읍내 지서는 독립 운동을 하는 조선 사람들을 잡아다가 족치는 것으로 유명했습니다.

아버지는 인삼이 든 꿀단지를 들고 데라우치 선생님을 찾아갔습니다. 그래서는 무릎을 꿇고 애원했습니다. 데라우치 선생님은 끝끝내 모른 척했습니다. 보름쯤 뒤에 돌아온 오라버니의 코에서는 며칠이고 두서너 개씩의 고춧가루가 나왔습니다.

형사들은 오라버니의 손을 뒤로 묶고 팔과 등 사이에다 목총을 가로질러 꿰어서는 대들보에다 매달았다고 합니다. 그러곤 십자가처럼 매달린 오라버니를 밧줄이 배배 꼬아지도록 돌려 댔답니다. 그러다가 손을 떼면 밧줄은 팽글팽글 돌고 밧줄에 묶인 오라버니는 팔이 비틀려져 비명을 지르고 정신을 잃었답니다.

"죽도나 목총이나 육모(여섯 모가 진) 방망이로 마구 때리는 걸 뭐라구 하는지 아나? 그걸 '육전'이라고 한다는구먼. 몹쓸 놈들 같으니라구!"

"생사람 붙잡아다 비행기 태우는 건 '공중전'이고, 코에다 고춧가루 탄 물을 붓는 건 '해전'이라고 한대여. 하이구, 독한 놈들!"

마을 사람들은 그런 말들을 속삭이면서 진저리를 쳤습니다. 홍구 오라버니는 매맞고 고춧가루 탄 물 먹고 팽글팽글 도는 비행기 타고 했으니 육해공 세 가지 고문을 다 당한 셈입니다. 그래도 인두를 불에 달구어 지지거나 못이 촘촘히 박힌 상자 안에 갇혀 있지 않았으니 천만다행입니다.

"오라버니, 진지 잡수세유."

순이는 부엌으로 가 재재바르게 점심을 차려 내왔습니다. 오라버니는 상 위에 놓인 풋고추를 풍풍! 숭숭! 몽땅 집어던지더니 된장찌개에 밥 한 그릇을 달게 비웠습니다.

 밤이 되었습니다. 모깃불 연기가 모락모락 피어 오르면서 쑥 냄새가 매캐하니 퍼집니다. 흙담 밖에선 반딧불이가 이리저리 날고 논에 개구리들은 개골개골 왁자지껄 울어 댑니다.
 달이 부영이 떠오를 때쯤 하루 종일 읍내에 계시던 아버지가 돌아오셨습니다. 돌아오시자마자 아버지는 외출복 그대로 우물가에 앉아 낫을 갈기 시작하셨습니다. 숫돌을 오르내리는 쇳소리가 써억써억 날 때마다 순이는 괜스레 오싹해집니다.
 "홍구 아부지, 글쎄 이러지 마세유."
 엄마가 옆에서 애원하셨습니다.
 "참으세유. 당신이 그놈헌테 아무리 앙갚음을 한다 해두 우리 홍구가 예전처럼 되는 것두 아니잖아유. 여보, 우린 죄짓지 말구 살아유. 하늘이 시퍼렇게 내려다보구 있잖아유. 우리는 하늘헌테 부끄러운 짓 하나도 하지 말구 떳떳하게 살아유. 야?"
 "시끄러워! 오늘 낮에 왜놈의 왕이 항복을 했어. 읍내 가겟방 라디오에서 이 귀루다 똑똑히 들었어. 저놈들은 이제 망했어. 내 이놈을 가만 두지 않을 거여."
 엄마는 그예 손에다 얼굴을 묻고 숨죽여 우셨습니다. 그래도 아버지는 입 꾹 다물고 숫돌질만 하셨습니다.

'아니, 지금 저게 뭔 말씀이래여?'

천황이 항복이라니? 멍석에 앉아 동생한테 늦은 저녁밥을 떠 먹이던 순이는 가슴이 철렁했습니다. 교실에서 있었던 일이 눈앞에 아른거렸습니다. 데라우치 선생님이 종잇장 같은 얼굴로 만세를 부르던 소리가 귀에 쟁쟁했습니다.

그럼 이제 저 지긋지긋하던 왜놈의 게다짝 소리는 영영 안 들어도 되는구나! 절그럭 소리만 들고도 간이 오그라드는 순사들의 칼 소리도 사라지겠구나!

이레째 달이 감나무 윗가지에 걸렸습니다.

"순이야."

"야?"

나지막이 부르는 엄마를 따라 순이는 굴뚝 뒤로 갔습니다.

"너 얼른 뛰어가서 데라우치 선생님헌테 피하라고 일러라."

순이는 엄마를 빤히 쳐다보았습니다.

"엄니, 왜유?"

볼멘소리였습니다. 선생님한테 가기는 죽기보다 싫었습니다.

"왜긴, 보면 몰러? 어서 가서 피하라고 그러라니께."

"싫어유."

데라우치 선생님이라면 아버지한테 단단히 혼이 나야 합니다. 홍구 오라버니나 점실 언니를 생각하면 그래도 쌉니다. 이제는 겁날 게 없습니다. 일본이 망했다는데, 우리 나라가 해방이 되었다는데, 겁날 게 뭐 있겠습니까? 겁낼 쪽은 오히려 일본 사람들입니다. 순이는 도리질을 했습니다. 엄마가 눈을 치떴습니다.

"이 철없는 것아, 느이 아부지가 살인자가 돼도 좋다는 거냐?"

순이의 등짝에서 철썩 소리가 났습니다.

엄마는 그렇게 무너진 흙담 밖으로 순이를 밀어 냈습니다. 데라우치 선생님의 집은 높다라니 마을이 한눈에 내려다보이는 곳에 있었습니다. 야트막한 돌담 밖으로는 논들이 질펀한 게 앞이 탁 트여 보였습니다.

"선생님, 기세유?"

순이는 조심스레 대문을 두드렸습니다. 그 순간 불이 확 꺼졌습니다. 집 안은 쥐죽은 듯 조용해졌습니다. 마당 가득한 달빛만이 은은합니다. 순이는 다시 한 번 데라우치 선생님을 불렀습니다.

"다레다(누구냐)?"

짓눌린 목소리에 이어 소리 없이 방문이 열렸습니다.

"선생님, 우리 엄니가유 아부지가 오시기 전에 어서 피하시

래유."

오늘따라 일본말이 자꾸 목에 걸렸습니다.

"……."

잠시 뒤, 선생님 내외는 게다짝을 거꾸로 쥔 채 마당으로 내려섰습니다.

"도, 동굴이 있다고 들었다."

순이를 바라보는 선생님의 눈은 간절했습니다. 순이는 잠자코 달빛에 잠긴 논들만 내려다보았습니다. 아버지가 낫을 높이 쳐들고 논두렁 길을 달려오는 게 보였습니다.

"아이쿠!"

대문을 밀어젖힌 데라우치 선생님이 곤두박질 달려나갔습니다. 그 뒤를 기모노 자락을 거머쥔 사모님이 바싹 따라갔습니다. 논두렁을 달리는 아버지의 발걸음 소리가 가까워졌습니다. 높이 쳐든 낫이 달빛에 번쩍 빛을 내는 걸 순이는 보았습니다.

"선생님, 성황당 쪽으로 가세유. 그러다가 너럭바위가 나오면 옆길로 꺾어서 올라가세유."

순이의 목소리가 다급해졌습니다. 그 동굴은 마을 아이들이 나무를 하러 갔다가 갑자기 비라도 오면 피하던 곳이었습니다.

저 매몰차고 당당하던 데라우치 선생님이 달밤에 갈팡질팡 도망가는 모습을 보게 될 줄이야! 이렇게 그런 날이 오게 될 줄

이야!

 옆집 삽살개가 낌새를 채고 맹렬하게 짖어 댑니다. 달은 검은 구름 속으로 천천히 사라집니다.

 이튿날이 되었습니다. 마을에 살던 일본 사람들은 밤새 자취를 감추었습니다. 아버지는 데라우치 선생님을 찾으려 여기저기 샅샅이 뒤지고 다니셨습니다. 순이는 하루종일 조마조마해하면서 성황당 쪽을 흘깃거렸습니다.

 '우린 죄짓지 말구 살아유.'

 '이 철없는 것아. 느이 아부지가 살인자가 돼도 좋다는 거냐?'

 엄마의 울먹임 소리가 종일 귓가에서 맴돌았습니다.

 붉은 눈으로 시퍼런 낫을 들고 다니는 아버지도 너무 무서웠습니다. 어슬녘이 되자 순이는 아무도 모르게 사립문을 나섰습니다. 성황당을 지날 때는 누가 뒤에서 머리를 잡아당기는 것 같았습니다. 너럭바위 옆은 숨이 턱에 닿아 달렸습니다. 순이는 동굴 앞에다 이고 온 소쿠리를 내려놓았습니다.

 "선생님, 어서 나오셔서 진지 드세유. 그리구유 빨리 떠나세유."

 순이의 말을 재촉이나 하듯 산비둘기가 구르륵 구르륵 울었습니다. 한참 뒤에야 선생님 내외가 굴 밖으로 나왔습니다. 선생님 내외는 어깨를 축 내려뜨리고 구부리고 섰습니다. 유령같은 얼굴이었습니다. 순이랑 소쿠리를 번갈아 보던 선생님의 안경 속으로 주르륵 눈물이 흘러내렸습니다.

"시장허시지유? 어서 드세유."

순이는 당황해서 소쿠리를 선생님 앞으로 밀었습니다. 무너지는 산처럼 데라우치 선생님이 풀썩 주저앉았습니다.

"유르시데구다사이(용서해 주십시오)."

선생님은 무릎을 꿇었습니다. 사모님도 울음을 터뜨리며 꿇어앉았습니다.

가까이에서 산비둘기가 푸드득 날아올랐습니다.

흙으로 빚은 고향

 가방을 던져 놓고 부리나케 유리코네 집으로 갔다. 파란 풍선들이 실꼬리를 늘어뜨린 채 둥둥 떠 있는 원피스를 입고 유리코가 웃으며 나를 맞아 주었다. 유리코가 웃을 땐 눈이 먼저 웃는다. 웃을 때마다 초생달 눈이 되는 내 친구 유리코. 유리코의 입가엔 언제나 봄바람 같은 미소가 솔솔 맴돈다.
 "사치코짱, 넌 소프라노를 해. 난 알토를 할 테니까."
 "응, 알았어."
 유리코가 악보를 챙기는 동안 난 피아노 위에 있는 아기 유리코의 사진을 보았다. 그 옆에는 칼을 찬 옛날 무사의 사진이

나란히 있었다. 난 유리코 아버지의 할아버지쯤 되는가 보다고 내 맘대로 생각했다.

아기 유리코는 아빠의 구두를 신고 현관을 나서고 있다. 오동통한 유리코의 종아리가 구두보다도 작다. 아기 유리코는 저렇듯 커다란 거인의 구두를 신고 어디로 가는 것일까?

동당동당 피아노 소리가 울렸다. 유리코 손이 건반 위를 오르내릴 때마다 드맑은 멜로디가 흘러 나왔다. 우리는 화음을 맞추어 노래를 부르기 시작했다.

봄나무 밑에 서면 눈이 내린다.
아무리 맞아도 젖지 않는 꽃이파리 눈.
두 손 내밀어 받으려 하면
사알짝 비켜 가는 송이송이들.

꽃은 나비 되어 하늘을 날다
가만가만 땅에 내려 깃을 접는데

어디선가 날아든 작은 새 한 마리
기인 꽃 그늘에 앉아 봄눈을 맞는다.
아무리 맞아도 녹지 않는 꽃이파리 눈.

유리코가 건반에서 손을 뗐을 때 환한 4월의 한낮으로 노래의 마지막 끝이 사라졌다.

"퍽 고운 노래구나. 유리코, 노래 제목이 뭐지?"

어느 틈엔가, 유리코 어머니가 간식 쟁반을 들고 우리 곁에 서 있었다.

"「봄 이야기」라는 노래예요. 이번 전국 소학교 중창 대회에 우리가 6학년 대표로 뽑혔어요, 엄마."

"그으래!"

유리코가 내 소개를 하자 난 공손히 인사를 드렸다. 연회색 바탕에 자주색 무늬가 잘 어우러진 비단 기모노, 예쁘게 손질이 된 머리, 유리코 어머니는 달력에 있는 탤런트 같았다.

유리코 어머니가 피아노로 「봄 이야기」를 치며 노래를 불렀다. 노래는 우리가 부를 때보다 훨씬 윤기 있고 눈부셨다. 세게 여리게 그리고 부드럽고 맑게.

노래에 있는 봄나무의 꽃잎이 하르르 떨어져 내 마음의 뜰에 쌓이기 시작했다. 꽃눈송이를 맞고 있는 새는 바로 나였다. 나는 한 마리의 작은 새를 마음에 가지게 되었다.

난 아주 행복한 마음으로 목청껏 노래를 불렀다.

'이만하면 됐어.'

'그렇고말고.'

우린 서로 만족한 눈짓을 나누었다. 유리코는 또 초생달 눈웃음을 살짝 웃으며 내 말에 동의를 표시해 주었다.

역사를 배우는 사회과 시간 내내 아무래도 하늘이 심상치 않았다. 창 밖을 볼 때마다 은근히 우산 걱정이 되었다.

"아이고, 허리야. 와 이리 허리가 아플꼬. 자야, 오늘은 암만해도 비가 올라능갑다. 우산 가져가그래이."

"아이, 할머니두! 하늘이 이렇게 맑은데 비는 무슨 비예요. 그리구 할머니, 저는 사치코예요, 사치코."

내 이름을 제대로 부르지 않는다고 신경질만 부린 게 후회스러웠다.

공부도 안 되고 해서 하늘을 보고 있을 때였다. 야마모토 선생님의 '경상도'라는 말이 귓결에 들렸다.

'경상도? 거기라면 할머니의 고향이잖아.'

나는 자세를 바로 하고 칠판을 보았다. 한국과 일본의 지도가 하나는 절구처럼, 또 하나는 껍질을 까 놓은 고구마처럼 그려져 있었다. 한가운데엔 8·15라고 써 있었다.

"8·15가 되기 얼마 전이었다. 나는 소학교 선생님으로 부임하는 아버지를 따라 조선의 경상도 어느 크지 않은 읍에서 살고 있었다. 아마 너희들 또래였을 게다."

'으응, 8·15 때 이야기!'

그 이야기라면 집안 어른들한테서 귀에 못이 박이도록 들었다. 나는 심드렁한 기분이 되어 다시 하늘을 바라보았다. 야마모토 선생님의 말씀은 계속되었다.

"그러다가 8·15가 되어서 우리 가족은 다시 일본으로 건너왔다. 그 때 그 고생은 이루 말할 수 없었다. 우리 집은 재산을 몽땅 잃었고 막내동생까지 병으로 잃어버렸다. 일본까지 오는데 거의 두 달이나 걸렸다. 그 동안 조선인들이 우리를 죽일까 봐 벌벌 떨면서 낮에는 거의 숨어 지내다시피 했다. 다시 생각하기조차 싫다. 그 때 우리 일본 사람들의 생활은 너무나도 비참했으니까."

나는 겁먹은 눈으로 목소리가 이상해진 야마모토 선생님을 쳐다보았다. 선생님은 쥐고 있던 막대기를 흔들며 안경 속의 눈을 끊임없이 깜빡였다. 이야기는 계속됐고 교실엔 알 수 없는 긴장감마저 감돌았다.

야마모토 선생님이 전쟁 무렵 일본을 떠나 조선에서 살다 돌아왔다는 건 새로운 사실이었다. 대부분의 아이들은 그런 분의 생생한 경험담을 들어 본 일이 별로 없었다. 아이들의 눈은 호기심으로 초롱초롱 빛났다.

야마모토 선생님의 말이 끝났을 때였다. 아이들은 약속이나 한 듯이 일제히 나를 보았다. 난 그 많은 눈동자들을 감당해 낼 수가 없었다. 그래서 당황한 얼굴로 입술만 깨물었다.

"조오센징, 나쁜 놈들!"

성질이 팔팔한 도모리가 날 향해 주먹을 휘둘렀다. 그걸 보자 왠지 가슴이 덜컥 내려앉았다.

'아이고, 신물이 난다. 그 고생을 우찌 말로 다 하겠노. 나라 없는 백성들은 사람도 아이다.'

할머니가 손을 내저으며 도리질을 하시던 모습이 떠올랐다. 아빠 엄마의 얼굴도 차례로 머리를 스쳤다. 밭이랑보다도 골이 깊은 주름살투성이의 얼굴들이었다. 비바람에 모질게 시달리지 않았다면 그렇게 깊은 주름이 생길 수는 없었다.

야마모토 선생님의 8·15와 아빠의 8·15는 조금도 같지 않았다. 아빠는 이 날이 '우리'가 해방된 날이라고 했는데, 지금 야마모토 선생님은 '우리'가 미국 때문에 전쟁을 끝낸 날이라고 한다. 그럼 나는 어떤 '우리' 속에 들어가야 하는가? 칠판에 써 있는 8·15는 아무 설명도 의미도 없이 전자 손목시계 판의 숫자처럼 거기 그대로 있었다.

언제부터인가 가랑비가 내리고 있었다. 빗소리가 들릴락말락 이어졌다. 방금 떠나 온 하늘 동네, 어느 별의 이야기라도 하는가 보았다. 나는 빗소리에 귀를 모으며 간간이 창문을 두드리는 빗방울을 보았다. 날씨가 후텁지근하더니 유리창에도 땀방울이 맺혔구나. 나는 콧잔등이에 맺힌 땀방울을 닦았다.

학교가 끝났을 때는 내 걱정도 아랑곳없이 봄비답지 않은 굵은 비가 쏟아졌다. 복도 밖에는 우산을 가져온 사람들로 붐볐다. 혹시나 해서 한 사람씩 살펴보았지만 식구들의 모습은 보이지 않았다. 어쩐담! 나는 슬며시 외로움 같은 걸 느꼈다.
"사치코, 너 우산 안 가져왔구나. 나하고 같이 쓰자."
등 뒤에서 사근사근한 소리가 들렸다. 소리의 주인은 돌아보지 않아도 안다. 나는 안도의 숨을 쉬었다.
유리코가 손잡이를 누르자 노란 우산이 활짝 펴졌다. 비 오는 하늘에 한 송이 꽃이 피어났다. 테두리가 오글오글한 레이스 주름의 유리코 우산은 공주의 우산처럼 화사했다. 이런 우산을 쓰고서라면 임금님의 첫째 딸같이 잔뜩 거드름을 피우며 걸어도 되리라.
비가 오는 날, 친구와 우산을 함께 쓰고 걷는 건 즐겁다. 나는 유리코와 웃으며 이야기하며 괜히 킥킥거렸다. 그건 교실에서의 일을 잊고 싶었기 때문이기도 했다. 오방떡 가게 앞까지 왔을 때였다. 웬 할머니가 허둥지둥 뛰어오는 게 보였다.

"어머나, 할머니!"

나는 유리코 모르게 가느다랗게 소리를 질렀다. 할머니는 세수 수건을 머리에 두르고 치마를 질끈 동여맨 후줄근한 차림이었다. 고쟁이가 발등을 덮은 채 푹 젖은 걸 보니 우산은 집에서부터도 쓰시지 않은 게 분명했다.

'얼마나 급하셨으면······.'

그러나 이 때,

"얘, 사치코. 저 바보 조선 할머니 좀 봐. 우산을 두 개나 들고도 그냥 비를 맞네."

유리코가 허리를 꺾으며 웃었다. 난 깔깔거리는 웃음소리에 쫓겨 얼른 우산 손잡이를 잡아당겨 앞을 가렸다.

'하필이면 유리코와 같이 있을 때 저런 모습으로 나타나실 게 뭐람.'

고마운 마음이 들기 전에 원망이 앞섰다.

할머니는 참 딱도 하시다. 학년 초 선생님이 가정 방문을 오셨을 때도 그랬다. 우리 집은 마지막 차례여서 친구들 집을 안내하다가 함께 온 아이들이 유난히 많았다. 내가 엄마를 부르며 현관문을 열어 젖힌 바로 그 때, 할머니는 주먹만 한 상추쌈을 마악 입에 넣고 있었다. 못 볼 것을 본 듯 고개를 돌리던 야마모토 선생님 눈에 싸늘한 비웃음이 어리던 것을 나는 놓치지 않고 보았다.

"히힛, 후훗!"

아이들 웃음 참는 소리가 여기저기서 터졌다. 왼손에 밥공기를 들고 숟가락도 없이 젓가락으로만 오물오물 밥을 먹는 일본 아이들 눈에, 입을 움직일 수도 없이 가득 찬 할머니의 상추쌈은 보기 드문 구경거리였을 것이다. 온 방 안을 진동하던 퀴퀴한 쌈된장 냄새, 이상야릇한 김치 냄새! 입을 불룩여 할머니 흉내를 내던 남자 아이들이 지금도 부끄러움으로 기억된다.

유리코의 웃음소리가 더 커졌다. 왜일까? 우산을 조금 들어 보았다. 맨발에 빗물이 튀겨 미끄러우셨나? 할머니가 고무신 한 짝이 벗겨진 걸 신느라 애를 쓰시는데 그 모양이 꼭 우산춤을 추는 어릿광대 같았다. 나는 목구멍에서 튀어나오려는 '할머니' 소리를 삼키며 모른 척 앞만 보고 걸었다. 가슴이 쿵쿵 뛰었다. 할머니와의 거리가 멀어질수록 내 마음은 점점 어두워졌다. 빗속에서 나를 찾다가 허탕을 치고 돌아설 젖은 할머니를 생각했다. 나는 길 위로 번지는 빗물을 발을 구르듯이 걸어차며 화가 난 사람처럼 걸었다.

"저어, 사치코, 글쎄 말이야, 우리 엄마가……."

간신히 웃음을 그친 유리코가 팔을 잡아당겼을 때에야 나는 할머니 생각에서 고개를 돌릴 수 있었다.

"우리 엄마가 말야, 하필이면 왜 너하구 같이 노래를 부르내."

"엉? 그게 무슨 소리야?"

영문을 몰라하는 나를 보고 유리코는 뱅그르르 우산을 돌렸다. 우산살 끝에 매달려 있던 투명한 구슬들이 사방으로 흩어져 깨졌다.

"네가 조센징이라는 걸 아셨나 봐."

"조센징?"

유리코가 한 조센징이라는 말은 나와는 아무 관계가 없는 낯선 말처럼 들렸다. 갑자기 달포 전 일이 생각났다.

"가나이 사치코, 일등!"

성적표를 나누어 주던 야마모토 선생님이 나를 찾았다. 나는 잠시 머뭇거렸다. 쑥스러워서였다. 그런데 뭔가 내 뒤통수를 세차게 때리는 게 있었다.

"아얏!"

소리를 질렀다. 도막 난 분필 세 개를 고무줄로 친친 묶은 것이 마룻바닥에 뒹굴었다. 나는 두리번거리며 교실 안을 살폈다. 하루키와 눈이 마주쳤다.

"선생님, 사치코 코피 나요."

흙으로 빚은 고향

스미에가 소리쳤다.

"누가 그랬나? 일어서."

"접니다."

하루키가 나를 쏘아보며 거만하게 일어섰다.

"사과해."

"싫습니다."

야마모토 선생님은 하루키와 나를 번갈아 보더니 더 이상 아무 말씀도 안 했다. 아무 말씀도.

'그래 싫겠지. 내가 여학생이니까. 그것도 일등을 한.'

난 그렇게 좋게만 생각했다. 그러나 지금 유리코의 생글거리는 얼굴을 보고 있으려니 그 동안 오래오래, 아주 까맣게 잊고 지냈던, 조센징이라는 말의 뜻이 모두 되살아남을 느꼈다.

비는 쉴새없이 떨어지며 동그라미들을 그렸다. 빗소리가 동그란 빗방울 무늬에 갇혀 어지럽게 아우성치다가 사라졌다.

아, 이제야 알 것 같다. 그 때 야마모토 선생님의 차가운 비웃음이 무엇이었나를. 어째서 하루키가 사과를 안 했나를.

'와, 산더미 밥! 조센징은 먹는 것도 저렇게 야만인 같다니까.'

'안 돼. 조센징 계집애에겐 절대로 사과할 수 없어.'

그런 말들이 머릿속을 뱅뱅 돌았다. 내가 유리코 어머니를 아름답다고 생각하고 있었을 때, 유리코 어머니는 나를 더러운 조센징 아이로 보고 있었다. 나는 우산 속에서 튀어 나와 빗속을 달렸다. 등 뒤에서 "사치코, 사치코." 하고 부르는 소리가 들렸지만 나는 돌아보지 않았다.

집 근처 뒷산에 있는 절까지 단숨에 달려갔을 때는 실비가 흩날리고 있었다. 날씨 탓인지 절 마당은 텅 비어 있었고, 뜰에 핀 울긋불긋한 꽃들은 붉고 푸른 입을 벌려 요물같이 웃고 있었다. 난 처마 밑에 웅크리고 앉았다. 땀이 식으면서 젖은 옷 때문인지 으스스 추웠다. 목덜미에다 깍지를 끼고 무릎 사이에 얼굴을 묻었다. 가슴이 몹시 뛰고 답답했다. 머리를 수그려서 그런가 목이 뻣뻣해지며 몸의 피가 점점 정수리로 모여드는 것 같았다.

눈물이 나왔다. 손가락으로 눈등을 꾹 눌러 막았다. 눈속으로 빨갛고 노란 무수한 점들이 아우성을 치며 모여들었다. 눈속의 그림은 추상 화가의 그림 같은 모양이 되었다. 나는 눈을 감고 눈 속에서 그려지는 모양들을 보았다. 손가락에 힘을 줄 수록 눈 속의 그림들은 여러 모양으로 변했다.

우거진 숲에 묻힌 절을 한 바퀴 돌다 온 눅눅하고 음산한 바람 소리가 낙숫물 떨어지는 사이로 들렸다. 낙숫물 소리는 두

흙으로 빚은 고향

어 개의 같은 음을 되풀이하며 똑똑똑 일정한 박자로 떨어졌다. 그 소리를 듣고 있으려니 아주 깊은 곳으로 떨어지는 느낌이 들었다.

산꼭대기에서부터 곤두박질해 내려온 바람의 뒤를 따라 산새 한 마리가 날아왔다. 아기 뺨 같은 연하디 연한 분홍색 부리를 가진 흰 새였다. 산새는 그새 개어 반짝이는 햇살을 가르며 내 앞에 있는 나뭇가지를 날아다녔다. 물끄러미 산새를 바라보았다.

물기어린 내 눈에 산새는 자주 제 모습이 아니었다. 다시 눈을 크게 떠 산새를 보았다. 어쩌면 그 산새는 봄나무 밑에서 꽃잎을 쪼던 바로 내 마음 속의 새일지도 모른다는 생각이 들었다. 새는 좀더 또렷한 윤곽을 드러내며 내 마음 속으로 빨려 들어왔다. 나는 다시 끝도 없이 깊은 곳으로 굴러 떨어지는 느낌으로 오싹했다. 이젠 낙숫물 소리도 바람 소리도 전혀 들리지 않았다. 나는 산새와 마주하고 앉아 새에게 말을 걸었다. 새는 내가 깜짝 놀랄 정도로 분명한 소리로 대답했다. 그 소리는 귀로 들리지 않고 머리로 들려 와 메아리처럼 울렸다.

"산새야, 나는 조센징이라서 슬프단다."
"조센징이 어때서?"

"조센징은 바보, 야만인이라는 뜻이야. 돼지같이 더럽고, 냄새 나고……. 일본 아이들이 우리를 멸시하고 조롱할 때는 언제나 그 말을 한단다. 그 말을 들으면 굉장히 화가 나. 하지만 부끄러워서 꼼짝도 못 하게 돼."

"참 이상한 말도 다 있다. 세 글자밖에 안 되는데 무슨 뜻이 그렇게도 많니."

새는 연거푸 파르르 파르르 날갯짓을 했다. 그러고는 말을 이었다.

"너희들이 조센징이라는 말을 부끄러워하니까 그게 재미있어서 더 그러는 거야. 너희들이 자기 자신을 귀하게 여기면 남들도 귀하게 대접해 주게 돼."

"어떻게?"

"그런 건 물어서 아는 게 아냐. 스스로 생각해 봐."

"난 지금 아무것도 생각할 수가 없어. 너무 슬퍼서 죽을 것 같아."

"슬프다고 죽는 일은 없어. 슬플 때도 있어야지. 크려면 다 그런 날들이 있는 거야."

"너도 다른 새가 미울 때가 있니?"

"아니! 미움은 서로를 아프게 하니까 우리 새들은 남을 미워하지 않아. 우린 말야, 미움이 몸 안에 가득 차면 무거워 날지를 못해. 날지 못하는 새는 자유가 없단다. 새나 사람이나 다 마찬가지야."

"그래도 난 미워. 나를 조센징으로 낳은 아빠도 엄마도 미워."

고개를 번쩍 든 나는 산에다 대고 와라락 소리를 질렀다.

"모두들 다 미워어!"

그 소리에 놀란 듯 나의 산새는 바람을 가르며 숲 속으로 날아가 버렸다. 나는 조금 전과 다름없이 눈앞에서 살랑거리는 나무들의 손짓을 보았다. 바람이 불고 있었다.

할머니가 잠이 드신 병실은 복도에서 오가는 슬리퍼 소리가 멀어지자 늪같이 조용해졌다. 하얀 시트 때문일까? 할머니의 얼굴이 더 검어 보였다. 오른쪽 다리에 깁스를 한 채 힘없이 잠드신 모습을 보자니 가슴이 찌르르 저려 왔다.

'할머니, 용서해 주세요.'

난 이마에 내려온 머리카락을 가지런하게 쓸어 드리며 진심으로 말했다. 할머니는 대답이라도 하는 듯 끄응, 신음 소리를 내셨다.

'내 탓이야. 우산을 들고 뛰어오신 할머니를 모른 척하지만 않았더라도 이런 자전거 사고를 당하지는 않았을 거야.'

생각할수록 괴로웠다. 난 아무한테도 말하지 않았다. 엄마한테까지도 그 날 일은 입을 다물었다. 나도 언젠가는 내가 저지른 잘못으로 크게 다칠 거라는 생각이 줄곧 일어났다. 나는 고집을 부려서 학교도 결석하고 할머니를 보살펴 드렸다. 꼭 그래야만 될 것 같았기 때문이었다.

참새가 병실 창가에 날아와 짹짹거렸다. 화병에 꽂힌 꽃에서 꽃잎 몇 장을 뜯어 내 뿌려 주었다. 참새는 날아가 버렸다. 저를 쫓는 줄 알았나 보았다.

꽃잎이 뜯긴 노란 꽃이 바람결에 파르르 떨렸다. 노란 꽃은 유리코의 우산을 생각나게 했다. 비 오던 그 날, 우산 속에서 깔깔거리던 유리코의 웃음이 귓가를 어지럽혔다. 손을 뻗어 꽃잎을 하나씩 떼어 냈다. 손가락을 통해 꽃잎이 뜯기는 소리가 느껴졌다. 그 소리는 꽃의 살결만큼이나 연하고 보드라웠다.

꽃송이를 손에 쥐고 꾸욱 눌렀다. 유리코의 우산은 으깨어졌고 손바닥엔 노란 물이 들었다. 마음의 아픔에 색깔이 있다면 이런 색이지 싶었다.

일주일이 지나자 할머니는 웬만큼 정신을 차리셨다. 오늘은 기분이 좋으신지 침대에 기대어 앉아 손수 머리도 빗고 흥얼흥얼 노래도 하셨다.

"아리 아리랑, 쓰리 쓰리랑, 아라리가 났네. 아리랑 홍홍홍,

아라리가 났네."

"할머니 우세요?"

"울긴 와 우노."

"무슨 노래가 그렇게 슬퍼요?"

"좋지 와 슬퍼."

"난 할머니 노래를 들으면 언제나 슬프더라."

"그래? 니는 모른다."

"뭐가요?"

"글쎄, 니는 몰라."

"할머닌 왜 늘 여러 가지 아리랑을 부르세요?"

"내사마 고향 생각이 나서 안 그러나."

"고향?"

나는 고향이라는 말을 입속으로 되뇌어 보았다.

'그럼, 할머니의 노랫가락이 꺾일 때마다 구성진 피리 소리를 듣는 것처럼 가슴이 아픈 건 할머니가 고향 생각을 그렇게 아프도록 하기 때문이란 말인가?'

난 골똘히 생각에 잠겼다.

"자야, 내사마 이번에 다리 다 나으면 비행기 타고 바다 건너 고향에 꼭 가 볼 끼다."

참빗으로 쪽진 머리를 빗으시다 말고 할머닌 잠자코 은비녀

만 만지작거렸다.

"할머니, 고향 얘기 좀 해 주세요."

"니 들어 볼래?"

고향 소리 한 번에 할머니 눈엔 금세 생기가 돌았다. 고향을 떠나 일본에 건너와 사신 지 사십여 년이 되신다는 할머니였다. 그러나 그게 믿을 수 없을 만큼 할머니의 고향은 살아 숨쉬고 있었다.

할머니의 고향은 마을 어귀에 느티나무도 되었다가 여름밤 개골개골 울어 대던 논 속의 개구리도 되었다. 그런가 하면 석양 무렵 초가집 굴뚝을 오르던 연기도 되었다가 가을에 그 지붕 위에 널어 말리던 빨간 고추도 되었다. 할머니의 고향은 다홍 치맛자락 너울너울 나부끼던 그늘 짙은 나무의 그네도 되었고, 뒤울안 오동나무 옆 달을 건져 올리던 우물도 되었다.

'옛날 옛적 호랑이 담배 먹던 시절에…….' 로 시작한 옛날 얘기도 들어 보면 어느새 고향 마을, 고향 사람 얘기가 되었다. 할머니의 고향은 풀숲에 숨은 오솔길까지도 선할 정도로 내 눈에 익어 갔다. 나는 비로소 부끄러움으로만 여겼던 할머니의 고향과 아빠 엄마의 나라에 대해 마음을 기울이기 시작했다. 스펀지가 물을 흠뻑 빨아들이는 것처럼.

난 오빠를 졸라 한글을 배웠다.

"행자야, 한글은 말이다, 슬기로운 이는 아침을 마치기 앞서서 깨칠 것이요, 어리석은 이라도 열흘이면 넉넉히 배울 수 있는 글이라고 한다. 넌 며칠이나 걸려 배울지 어디 한번 보자."

대학생 오빠는 장난스레 웃었다.

사나흘이 지났을 때 나는 깁스를 한 할머니 다리에다가 '사립문, 보리밭, 꽃상여, 색동 저고리…….' 같은 할머니한테서 들은 말들을 낙서했다.

"하야! 우짠 개미가 이리 많노."

"하하하하하."

잠에서 깨어나신 할머니가 자꾸 낙서들을 털어 내셨다. 난 허리를 잡고 웃었다. 참 오래간만에 시원하게 터뜨린 웃음이었다. 속이 후련했다. 알게 모르게 맺혀 있던 응어리가 한꺼번에 확 풀어지는 느낌이었다.

'조선이란 아름다운 아침의 나라라는 뜻이다.'

오빠가 빨간 줄을 쳐 놓은 이 구절을 책에서 한글로 읽었을 때 난 얼마나 기뻤는지 모른다.

드디어 해바라기를 해도 된다는 의사의 허락이 떨어진 날이었다. 나는 할머니의 휠체어를 밀면서 병원 정원에 이어져 있는 숲으로 갔다. 멋들어지게 굽은 소나무 아래로 왔을 때 나는 골똘히 생각하며 벼르기만 하던 말을 여쭈었다.

"할머니, 저어, 일본에서 태어나서 자랐고 일본말을 하고 일본 학교에 다니면 일본 사람이겠지요?"

"뭐라카노 니, 택도 읎다. 일본서 태어나몬 다 일본 사람이가? 까치알이 참새 둥지에서 깨났다고 참새 되는 거 니 봤나? 참새도 그런 참새는 지 새끼로 쳐 주지 않는다. 야야, 우쨌든 니는 조선 사람인기라. 절대로 일본 사람 뽄 볼라꼬 하지 말그라. 뭐라 캐도 사람은 지 근본을 알아야 되는 기다. 지 근본도 모르몬 그게 사람이가? 그게 짐승이제."

맨 나중의 말씀은 아주 낮았다. 그래서 착 까부라진 노랫가락처럼 슬프게 들렸다. 난 얼른 할머니의 말투를 흉내내며 엉뚱한 질문을 했다.

"할매요, 그란데 까치가 뭐꼬?"

"하이고, 뭐꼬가 뭐꼬? 야야, 니 여태껏 그것도 모르나? 허기사 일본엔 까치도 흔치 않다만."

"할매, 이번에 고향에 가몬 내도 꼭 데리고 가그라. 알았제."

난 할머니의 목을 두 팔로 끌어안았다. 그러곤 할머니 뺨에다 내 볼을 비비댔다. 괜스레 가슴이 훈훈해지면서 기쁨이 샘솟았다. 내 마음의 샘엔 찰랑찰랑 맑은 물이 괴어들었다.

아랫동네 스기나무에는 색색의 잉어들이 매달려 펄러덕 펄러덕 용솟음치고 있었다. 일본에서는 5월 5일이 되기 얼마 전부터 옷감으로 만든 잉어를 스기나무에 매달아 놓는 풍습이 있다. 대나무같이 곧은 스기나무와 폭포도 뛰어넘는 잉어의 힘찬 기운을 본받으라는 뜻이다. 이 날은 남자 아이들을 위한 날이다.

빨강 파랑의 잉어들이 바람이 불 때마다 뛰어오른다. 난 잉어 등을 타고 하얀 물거품을 내며 강물 줄기를 거슬러 올라가는 상상을 해 보았다. 그것처럼 신나는 일은 없을 것 같았다. 할머니의 약 시간에 맞추려고 손목시계를 보던 난 오늘이 바로 5월 5일이라는 걸 알았다. 지금쯤 문화회관 강당에서는 중창 대회가 열리고 있을 거였다.

'누가 내 대신 노래를 부를까?'

노래를 잘 하는 몇몇 반 아이들이 떠올랐지만 난 이내 고개를 흔들어 떨쳐 버렸다.

"할머니, 노래 하나 불러 드릴까요?"

"그래, 해 봐라."

나는 벌떡 일어나 「봄 이야기」를 불렀다. 고요하고 따사로운 멜로디가 내 입에서 흘러 나왔다. 노래가 끝나고 할머니의 박수 소리를 들었을 때 내 눈에서는 눈물이 핑그르르 돌았다. 난 할머니 모르시게 가만히 눈물을 닦았다.

 오래간만에 간 학교는 낯설었다. 점심 시간이 끝나자마자 나는 교실을 빠져 나와 등나무 아래로 갔다. 그새 핀 보라색 등꽃들이 귀걸이처럼 늘어져 있었다.
 "보라의 방!"
 난 겹겹이 늘어진 등꽃을 보며 중얼거렸다. '보라의 방'은 유리코와 내가 함께 지은 이름이었다.
 '이제 등꽃이 필 날도 얼마 남지 않았구나.'
 나는 아쉬움에 젖어 시든 꽃들을 올려다보았다. 이파리 사이 사이로 오후의 하늘이 파랗게 조각나 있었다.
 운동장에서는 휴식 시간을 즐기는 아이들의 떠들썩한 소리가 등나무 그림자 무늬처럼 한가롭게 들려 왔다. 보름 전의 학교 생활이 아득한 꿈 속의 일같이 느껴졌다. 난 새삼스럽게 운동장을 둘러보았다. 급식 당번이었던 유리코가 머릿수건과 소매 달린 앞치마를 그대로 입은 채 이 쪽으로 뛰어오고 있었다. 가까이 다가오는 유리코는 여전히 상쾌한 아침 같았다.
 "오래간만이야, 사치코."
 "축하해. 중창 대회에서 삼등을 했다며?"
 "미안해, 난 너하고 같이 부를 참이었어. 그랬더라면 틀림없이 일등이었을 거야."

"잘 됐지 뭐."

나는 짧게 대답하고 입을 다물었다. 다시 마음이 아파 왔기 때문이었다.

"사치코, 너 아주 수척해졌어. 할머니 간호하기가 힘들었구나."

'아니야. 크느라고 그랬어.'

유리코가 내 입속말을 들었을까? 나는 바람에 간간이 흔들리는 등꽃을 보며 그냥 소리 없이 웃어 주었다.

"이거 받아."

"어머나, 예뻐라! 그런데 이게 뭐니?"

유리코는 펜던트를 들여다보며 사근사근 물었다.

"우리 나라 지도야."

"우리 나라? 어디?"

유리코가 잠깐 심각한 표정을 지었다. 난 그 애의 말을 묵살했다.

"여기 가운데 있는 건 태극기이고, 뒤에 이 글자는 한글로 쓴 네 이름이야. 병원에 있는 동안 찰흙으로 빚어서 색칠을 했어."

유리코는 뜻밖의 선물에 즐거워하며 목에다 걸었다.

"저어, 유리코. 네게 할 말이 있어."

나는 힘들여 또박또박 말했다.

"오늘부터 난 가나이 사치코가 아냐. 내 이름은 김행자이고 난 한국 사람이야. 내 앞에서 조센징이라는 말은 삼가 주기 바래."

유리코의 속눈썹이 가늘게 떨렸다. 나는 긴 의자를 박차고 씩씩하게 일어났다.

"오후에 공부 시간이 다 끝나면 우리 반 애들 앞에서 밝힐 거야. 내 이름이 김행자라는 걸."

나는 마른침을 삼켰다. 가슴이 쾅쾅 뛰었다.

"유리코, 부탁이 있어. 혹시 내가 떨거들랑 좀 붙잡아 줘. 우리 반 애들은 전보다 더 날 비웃을 거야. 아니, 더 심하게 따돌릴 거야. 난 지금 절벽에 서서 그 아래 낭떠러지를 내려다보는 것 같아. 넌 이런 내 기분을 이해할 수 없어. 절대로."

갑자기 현기증이 났다. 마음이 홀가분하면서도 뻥 뚫린 듯 허전했다. 유리코에게 내 한국 이름은 어떤 소리로 들렸을까? 펜던트 뒤에다 '다까하시 유리코'라고 쓴 자기의 한글 이름은 또 어떤 모양으로 보였을까?

탓탓탓!

'보라의 방' 밖으로 유유히 떠 가는 흰구름을 보았을 때 나는 내 마음 속 하얀 새의 활기찬 날갯짓을 들었다.

  난 손을 뻗어 등꽃을 어루만졌다. 유리코가 내 어깨를 가만히 감쌌다. 이상하게도 등꽃 향내가 달콤한 것처럼 느껴졌다.

마사코의 질문

1. 꼬마

알맞게 흐린 날씨입니다. 이마에 닿는 바람도 어제보다 한결 부드럽습니다. 어느 집 울타리를 들렀다 왔는가 바람결에 꽃향내가 묻어납니다.

"마사짱!"

길 건너에서 낙지 풀빵집 아주머니가 손을 흔듭니다. 자전거 바구니 가득 새파란 파가 건들거립니다. 슈퍼엘 다녀오시나 봅니다.

"이렇게 일찍 어델 가노? 일요일인데."

"히로시마에요."

"거긴 와?"

"할머니랑 평화 기념 공원엘 가려고요."

신호등에 파란 불이 켜졌습니다. 정지선 앞에 있던 자동차들이 우우, 한꺼번에 달립니다.

"마사짱은 좋겠네. 할머니랑 히로시마엘 다 가고. 그럼 다녀들 오시이소."

따르릉 소리 한 번에 풀빵집 아주머니는 벌써 납작코 아저씨네 정육점 앞을 지나갑니다. 긴 머리가 등 뒤에서 풀럭풀럭 춤을 춥니다.

'느긋하게 기다렸다가 재빠르게 건너십시오.'

마사코가 입 속으로 건너편 표지판을 읽어 봅니다.

"할머니, 히로시마에는 말야."

건너가는 길의 신호등은 여전히 빨간 불 그대로입니다.

"언제 원자 폭탄이 떨어졌지?"

"1945년 8월 6일."

할머니의 대답이 툭 떨어집니다. 자동 판매기의 주스 깡통처럼 툭.

'느긋하게 느그웃하게, 재빠르게 재빠아르게!'

표지판의 초록 글자 하나가 비뚤어져 있습니다. 비뚤어진 글자는 입을 앙 다문 모양입니다.

"엄마는 아주 이뻤지."

할머니가 마사코 모자의 리본을 매만져서 가지런히 합니다.

"우리 엄마?"

마사코는 보조개가 쏘옥 파지도록 웃습니다. 동네에서 가장 예쁜 사람은 엄마라고 마사코는 믿고 있습니다.

"아니, 우리 엄마."

"할머니 엄마? 왕할머니?"

할머니가 고개를 끄덕입니다.

"우리 엄마보다 더 이뻤어?"

"그러엄. 스물여덟 꽃다운 나이였거든. 고놈의 꼬마만 아니었어도……."

"고놈의 꼬마 때문이야? 왕할머니가 돌아가신 게?"

"응."

자동 판매기의 주스 깡통처럼 할머니의 말이 다시 툭 떨어집니다. 마사코는 할머니의 뺨이 실룩이는 걸 빤히 봅니다.

"그런데 할머니, 꼬마가 누구야?"

"원자 폭탄이야."

"폭탄이 꼬마야? 그렇게 작았어?"

"그건 암호야. 미국 비행기 조종사들이 원자 폭탄을 그렇게 불렀어. 쳇, 꼬마라니! 눈 깜짝할 사이에 십사만 생목숨을, 생목숨을 빼앗아 갔으면서."

할머니는 생목숨이라는 말을 두 번이나 거푸거푸 되뇝니다.

신간선 역 위를 까마귀 한 마리가 빙빙 돕니다.

까옥. 까옥. 까옥.

날갯짓이 큽니다.

"월요일 오전 열 시 십분 전쯤이었단다. 꼬마가 떨어졌던 시각은."

마사코가 얼른 시계를 봅니다. 검은 장갑을 낀 미키 마우스의 손이 마악 여덟 시를 가리킵니다.

"엄마는 고베에서 사셨어. 그런데 그 다음 날이 바로 우리 외할아버지 생신이셨거든. 그래서 히로시마로 가신 거야. 그 바람에……."

할머니의 목소리가 잦아듭니다.

눈가 주름살에 그늘이 깊습니다.

"할머니, 슬퍼?"

"응."

"왜?"

"오늘이, 우리 엄마 생일이거든."

엄마 생일날인데 엄마가 세상에 안 계시면 참 슬플 겁니다.

'풍선을 사 달라고 조를까?'
그래야 할머니가 슬픈 생각을 안 하실 것 같습니다.
하늘은 여전히 흐려 있습니다.
무거운 가슴처럼.

2. 왕할머니

신간선 히카리를 탄 것은 여덟 시 10분이 조금 지나서였습니다. 기차가 바퀴를 굴린다 싶었는데 이내 창 밖의 풍경들을 획획 밀어 냅니다. 빳빳이 고개를 쳐든 빌딩들이 후닥닥 뒷걸음을 칩니다.

마사코는 할머니랑 기차를 타는 게 좋습니다. 기차를 타면 마음이 즐거워지는 게 저절로 흥이 납니다.

잡았다 잡았어!
바다 위 어부들은
잔치를 하고.

잡혔다 잡혔어!
바다 밑 정어리들은
장례식을 하고.

마사코가 가만가만 노래를 합니다. 이 노래는 아빠가 아침에 수염을 깎으면서 흥얼거리는 노랩니다. 비누도 집어 드리고 거품을 많이 내는 솔도 갖다 드리면서 아빠의 시중을 들어서 마사코는 다 외웠습니다.

"할머니, 어부들은 많이 잡아서 기뻐하고 정어리들은 많이 잡혀서 슬퍼하는 거지? 그래서 바다 위에서는 잔치를 하고 바다 밑에서는 장례식을 하는 거지?"

"비행기 소리가 들렸단다. B29 비행기였지."

할머니는 줄곧 그 날을 생각하나 봅니다. 엉뚱한 대답을 합니다.

'아참, 풍선을 사 달라는 걸 깜빡했네.'

후회가 솔솔 일어납니다.

"비행기 석 대가 떴단다. 공습 경보가 해제되자마자였지. 갑자기 아이오 다리 위에서 푸른빛이 번쩍 하더란다. 그 순간 천지가 무너지는 소리가 나면서 커다란 불덩어리가 치솟았댄다."

오늘은 왕할머니의 생일입니다. 할머니는 자꾸 엄마가 그리운 모양입니다. 실타래의 실을 풀어 내어 둥글둥글 감아 내듯 그렇게 이야기가 길어집니다. 마사코는 깍지 낀 손을 다소곳이 무릎 위에다 올려놓습니다.

"노란 불덩어리와 함께 시커먼 버섯구름이 피어 올랐지. 9천 미터나 되는 무시무시한 구름 기둥이. 버섯구름은 하늘을 뒤덮어 해를 삼켜 버렸고."

차창 밖으론 흐린 하늘이 빠르게 흘러갑니다.

'해가 사라진 하늘! 어둠에 휩싸인 땅!'

마사코는 그런 걸 상상하느라 눈도 깜빡이지 않습니다.

숨도 쉬지 않습니다.

이내 손바닥이 촉촉해집니다.

"엄마는 꽝! 소리가 날 때 기절을 하셨댄다. 얼마 뒤, 정신을 차려 보니 집은 온데간데없고 혼자만 널빤지 밑에 깔려 있더란다. 살려 달라 소리를 지르니까 누군가가 널빤지를 치워 주더래. 그래서 잿더미를 간신히 기어서 나오고 보니 얼굴이랑 손에서는 피가 흐르고 앞니는 몽땅 부러지고 없더란다!"

할머니가 휴우, 한숨을 쉽니다.

땅이 꺼지게 폭폭 쉽니다.

"온통 불바다였단다. 새카만 먼지는 눈앞을 가리는데, 여기저기에선 신음 소리 비명 소리가 천지에 가득하고. 엄마는 있는 힘을 다해 무너진 집 밖으로 빠져 나왔단다. 동네는 허허벌판인데, 땅은 발을 디딜 수 없을 정도로 뜨겁고……."

마사코는 얼른 운동화 속의 발을 움츠립니다.

할머니 눈시울에 물기가 어립니다.

마사코 눈에도 핑그르르 눈물이 돕니다.

"바람이 불어 오는데 살을 델 만큼 뜨겁더란다. 그래서 바람이 없는 쪽으로 뛰어갔단다. 목이 타더란다. 아무리 물을 찾아도 물은 안 보이는데 살아 남은 사람은 모두들 어딘가로 달려가고. 엄마도 무작정 그 속에 끼어서는 죽어라 따라갔댄다. 얼마 만엔가 눈앞에 강이 나타나더래. 약속이나 한 것처럼 사람들은 첨벙첨벙 물 속으로 뛰어들었대. 그 때 물을 많이 마신 사람은 긴장이 풀려서 다 죽었댄다."

"왕할머니는?"

"일 년을 견디다 끝내 돌아가셨지."

"아이, 불쌍해라."

이 따위 미국 시계는 안 차리라. 마사코는 미키 마우스 시계를 풀어서 손가방 안에다 쑤셔 박습니다. 할머니 입가에 희미한 미소가 설핏 어리다 맙니다.

"마사짱, 할머닌 말이다, 고등 학교에 가서도 일부러 영어 공부는 통 안 했단다. 그래서 낙제 점수를 받기 일쑤였지."

"할머니, 마사짱도 절대로 영어 같은 건 안 배울 테야. 낙제를 해도 좋아."

할머니 입가에 미소가 되살아나더니 봉곳이 피었다 사라집니다.

그 날의 이야기는 계속되었습니다.

3. 종이학

"히로시마, 히로시마!"

안내 방송이 흘러 나옵니다. 나지막하게.

열 시 정각입니다. 할머니는 역 앞에서 택시를 탔습니다. 택시는 로터리를 돌아 신나게 달립니다.

"할머니, 사다짱 얘기는 아직 다 안 끝났지, 응? 사다짱은 그 뒤로 어떻게 됐어?"

"사다코는 중학생이 되었을 때 결국 백혈병에 걸렸단다."

"백혈병은 왜?"

"원자 폭탄이 떨어지는 걸 보았거나 쏟아지는 재를 맞았거나 한 사람한테는 언제라도 그런 후유증이 나타나거든."

"후유증이 뭔데?"

"글쎄……. 어떤 일을 치르고 났는데 얼마 뒤에 다시 부작용이 생기는 거. 그래, 그거야."

"아하, 알았다. 그래서 사다짱은 약을 먹었고, 그런 다음 자기가 먹었던 가루약 종이로 학을 접었었구나."

"그랬지. 천 마리의 학을 접으면 소원이 이루어진다고 하잖니."

"육백여든여섯 마리나 접었지요."

늙수그레한 목소리가 등받이를 넘어왔습니다. 머리가 희끗희끗한 기사 할아버지가 두 사람 이야기에 끼어들었습니다.

"바로 그 날 사다코는 그만 세상을 떠났답니다. 바싹 야윈 몸으로 팔 개월씩이나 견디고 견디다가."

"아휴, 아까워라. 조금만 더 접었으면 천 마리가 됐을 텐데. 그럼 살았을 텐데……."

마사코가 동동동 발을 구릅니다.

"마사짱, 조용히!"

할머니의 손이 지그시 무릎을 누릅니다.

"평화 기념 공원엔 처음이니?"

"네, 처음이에요."

"오사카에서 오나 보구나."

앞거울 하나 가득 마사코의 놀라는 표정이 비칩니다.

"어? 어떻게 아셨어요? 할아버지도 오사카에서 사세요?"

"하하하하, 살기는. 사투리 듣고 알았지."

굵직굵직한 돌들이 박혀 있는 성벽이 휙휙 지나갑니다. 말갛게 씻긴 하늘이 한 점 구름 위로 푸릇하니 떠 있습니다.

"사다코의 집은 여기에서 오 리나 떨어진 곳에 있었단다. 그 앤 열두 살이었고."

"그렇게 멀리 떨어졌는데도 병이 들었어요?"

"말도 마라, 마사짱. 원자 폭탄은 말이다, 상상도 못 할 만큼 무서운 거란다."

할머니가 절레절레 고개를 흔듭니다.

기사 할아버지가 맞장구를 칩니다.

"아무렴요. 끔찍한 물건이지요. 우리 동네도 쑥밭이 되었으니까요. 가족들 중에 살아 남은 건 저뿐이랍니다."

"하이구, 저런!"

"마침 살 때가 되어서 그랬나 봐요. 방학이라 도쿄 이모님 댁에 가 있었거든요. 그 바람에 고아가 돼서 고생 좀 톡톡히 했지요. 소학교 일 학년 때였으니까요."

"저런 저런!"

할머니가 오래도록 안됐어 하는 표정을 지으십니다.

택시는 굽은 길을 날렵하게 돕니다.

"꼬마는 길이 3미터, 폭 0.7미터, 무게가 4톤이었어요. 우라늄은 1킬로그램 정도였고요. 그런데도 그 힘은 티엔티 폭약 2만톤과 맞먹었답니다. 그러니 쑥밭이 되고도 남 았지요."

기사 할아버지가 친절하게 설명해 주었습니다. 할머니는 긴 한숨을 쉬었습니다.

"다시는 그런 실수를 하지 말아야 해요. 암요, 그렇고말고요. 우린 우리를 그렇게 한 사람들을 절대로 잊어서는 안 됩니다. 앞으로는 막아야 해요. 우리가 톡톡히 당했으니 우리가 앞장 서서 막아야 해요."

기사 할아버지가 어깨를 목까지 치켰다가 내려뜨리면서 으르르 진저리를 칩니다.

4. 버섯구름

햇빛이 푸른 잔디로 쏟아집니다. 잔디밭 사잇길이 하얗습니다. 흰 뱀이 스륵스륵 기어가는 것 같습니다.

"어서 들어가자."

할머니가 마사코의 손을 잡아당기며 제1전시실로 들어갑니다.

전시실에는 구경 온 사람들로 제법 붐볐습니다. 마사코는 맨 먼저 두 개의 히로시마 앞에서 걸음을 멈추었습니다. 폭탄이 떨어지기 전과 그 뒤의 히로시마를 작게 줄여 놓은 모형입니다.

전에는, 집들이 다닥다닥 많았습니다.

후에는, 다 없어졌습니다.

전에는, 풀포기도 나무도 많았습니다.

후에는, 다 사라졌습니다.

오직 하나, 부서져 버리고 뼈대만 남은, 둥그스름한 돔 지붕의 산업 장려관과 학교 하나만이 댕그라니 남았을 뿐입니다.

"이런 걸 원자 사막이라고 한단다. 사막처럼 아무것도 없다는 뜻이지."

사막은 끝없는 모래 벌판입니다.

그럴지라도 선인장은 있습니다.

오아시스도 있습니다.

그리고 낙타도, 낙타를 타고 가는 사람들도 있습니다. 낙타가 터벅터벅 딛고 가는 발 밑 깊숙이 어딘가에는 차디찬 샘물도 있을 겁니다. 그러나, 아! 꼬마가 떨어지고 버섯구름으로 까맣게 뒤덮였던 히로시마에는 아무것도 없었습니다.

할머니랑 마사코는 텔레비전 모니터가 있는 다음 방으로 갔습니다.

갑자기 옷감이 찢어지는 듯한 된소리가 귀청을 때립니다. 그러더니 그 날의 비행기가 모니터에 나타납니다. 해설자의 목소리가 비장해집니다.

"미국 509비행대 폴 티베트 대령이 자신의 어머니 이름을 딴 폭격기 '에놀라게이' 호를 몰고 태평양의 티니안 섬을 새벽에 출발, 다섯 시간여 비행 끝에 히로시마 상공에 도달했을 때 하늘은 맑게 개어 도시 전체가 한눈에 들어왔습니다. 인간이 인간에게 투하한 최초의 원자 폭탄이 그 아침 히로시마를 강타했습니다. 오렌지빛 섬광과 엄청난 불덩이가 치솟았고, 시속 9백 킬로미터의 폭풍이 뒤를 이었습니다. 반경 4킬로미터 안의 모든 것이 사라졌습니다. 3일 뒤, 이번엔 나가사키에 두 번째 폭탄이 떨어졌습니다. 두 도시에 투하된 '리틀 보이'와 '패트맨'은 5년 이내에 27만 명의 사망자를 냈습니다."

해설자의 말이 끝나면서 비행 모자를 양쪽 귀 아래로 늘어뜨린 조종사들이 히로시마를 내려다봅니다.

"자, 됐어. 준비!"

비행기의 바닥 문이 좌악, 양쪽으로 열립니다.

"발사!"

길쭉한 꼬마가 아래로 곤두박질을 합니다.

다음 순간 쾅!

버섯구름이 치솟습니다.

하늘이 까매집니다.

모니터 화면이 새카맣습니다.

암흑입니다.

잠시 뒤, 땅 위에 것은 다 사라졌습니다.

아우성 소리, 그 아우성 소리를 막고 싶어서 마사코는 두 귀를 막았습니다. 그러곤 급히 그 옆, 유리 전시실로 갔습니다. 그러나 거기도 마찬가지로 끔찍스러웠습니다.

새카맣게 탄 도시락 밥!

불에 녹아 뒤틀린 푸른색 정종 술병!

타다가 만 구두짝들, 휘어진 말발굽들!

너덜너덜 찢어진 채 얌전히 개켜져 있는 옷!

새카맣게 타 널브러져 있는 사람과 들짐승과 날짐승의 처참한 사진들!

알코올 병 속에는 치료하기 위해 뜯어 낸 살 껍질들이 희부옇게 떠 있습니다.

마사코는 두 눈을 가렸습니다.

'무섭다. 무섭다. 무섭다!'

심장이 쿵쿵 뛰면서 그런 소리를 합니다.

'밉다. 밉다. 밉다!'

심장이 쿵쿵 뛰면서 그런 소리도 합니다.

할머니가 하얀 벽 위를 꿈틀꿈틀 기어 내려간 까만 물줄기를 가리킵니다.

"폭탄이 떨어지고 나서 내린 비야. 이렇게 검은 비가 내렸단다. 마사짱, 잘 봐라. 우리는 이 정도로 당했다."

마사코는 귀를 막았습니다.

'싫다. 싫다. 검은 비는 정말 싫다!'

할머니를 밀치고 마사코는 밖으로 뛰어나갔습니다.

밖의 햇빛은 여전히 맑습니다.

꽃나무 가지에 앉은 작은 새는 뾰족한 부리를 주욱 내밀고 즐겁게 재잘댑니다.

땅에서는 빨간 발을 가진 비둘기들이 머리를 구구 과과! 주억거리며 종종걸음을 칩니다.

분수대의 물줄기가 찰찰찰, 투명하게 부서집니다.

'평화 기념 공원', 그 이름처럼 공원은 평화롭습니다.

마사코는 천천히 걸어 공원 가운데로 갔습니다. 사다코의 동상은 공중에 떠 있었습니다. 가늘디 가는 팔과 다리로 춤을 추면서 사다코는 하늘로 날아가고 있었습니다. 마사코는 동상 앞에서 잠시 묵념을 했습니다.

근처, 돌로 된 제단에는 알록달록한 종이학들이 수북했습니다. 전국 각처에서 온 학생들이 접어서 가져다 놓은 학들입니다. 어떤 것은 실에 꿴 채 겹겹이 쌓여 있기도 하고, 어떤 것은 한 반 학생들이 모두모두 접어서 액자에 넣어 놓기도 했습니다.

"평화!"

"우리는 세상에 평화를 원한다!"

타타타, 색바랜 깃을 치며 종이학들이 외쳐 댑니다.

"평화. 평화. 평화!"

"우리는 세상에 평화를 원한다."

커다란 흰 종이에다 오려 붙인 얼굴들도 아우성을 칩니다. 여기의 얼굴들은 그 때 희생된 사람들의 수만큼 아무 잡지에서나 오려 낸 사진들이랍니다. 원자 폭탄 한 방에 이런 보통 사람들이 모조리 죽었다는 걸 상징하기 위해 해 놓은 것이랍니다.

마사코는 두 손을 모으고 비석에 써 있던 말로 기도했습니다.

"편안히 주무세요. 다시는 실수하지 않겠습니다."

그렇게!

5. 마사코의 질문

흰구름이 한가롭습니다. 긴 의자에 앉은 할머니가 오니기리 주먹밥을 내밉니다. 마사코는 주먹밥을 손에 들고 골똘히 생각에 잠겼습니다.

"어여 먹지 않고 뭘 하고 있니, 마사짱?"

"……"

마사코가 콧등에 잔주름을 조르륵 잡으면서 할머니를 부릅니다.

"왜 그러니, 마사짱?"

할머니 말 속에는 뽀오얀 사랑이 송송 박혀 있습니다. 오니기리 주먹밥 속의 우메보시 매실처럼.

"이상해."

"뭐가 또 이리 궁금하실까?"

"왜 미국 나라는 우리 일본 나라에다가 꼬마를 떨어뜨렸어?"

"아까 할머니가 전시실의 녹음기로 들어 보니까 미국이 꼬마의 실험 장소로 히로시마를 고른 이유가 있더구나."

할머니가 기침 두어 번으로 목을 가다듬습니다.

"첫째, 히로시마에는 중요한 시설이 많았고, 둘째는 땅 모양이 평평해서 사람들이 많이 살고 있었고."

"세 번째 이유도 있어?"

"있지. 그런 곳에다 원자 폭탄을 떨어뜨리면 우리 일본 사람들이 많이 죽고 많이 다치고 집도 많이 무너지고 그럴 거 아니겠니? 그러면 꼬마가 얼마나 무시무시한 폭탄인가가 고스란히 드러나잖아. 미국은 바로 고걸 노린 거래."

"아니 아니, 할머니 그런 거 말고."

마사코는 막무가내로 도리질을 합니다.

"지구에는 다른 나라들도 많이많이 있잖아. 그런데 그 중에서 하필이면 왜 일본에다 떨어뜨렸냐고?"

할머니가 어이없다는 표정을 짓습니다.

"그거야 우릴 만만하게 봤으니까겠지."

마사코는 그래도 도리질만 합니다.

"할머니, 내 짝꿍 유키짱은 말야, 순 엉터리야. 허락도 없이 자꾸 내 필통에 있는 걸 가져가거든. 몇 번이나 그랬는지 몰라."

"버릇이 없는 애로구나."

"어제는 내 지우개를 부러뜨렸어. 그러고는 글쎄 또 필통을 건드려서 떨어뜨리잖아."

"저런, 연필도 부러지고 지우개도 책상 밑으로 도망갔겠네."

"응, 그래도 난 참았어."

"마사짱, 잘 했다. 역시 참는 게 제일이야."

"그런데 할머니, 내 다마고치가 신호를 보내니까 유키짱이 다짜고짜로 내 가방을 뒤져서 꺼내 갔어."

"다마고치라니?"

"장난감 기계, 달걀 시계라는 거 말야. 그 속에 있는 거 보살피고 키워 주고 그러잖아."

"오, 그래. 그것 때문에 아이들이 공부를 안 해서 걱정이라고 텔레비전에서 떠들더라만. 그래서?"

"그러더니 말야, 유키짱이 내 대신 밥을 먹여 주고 똥을 치워 주고 그러지 뭐야. 아무리 달래도 모른 척했어. 그래서 내가 도로 빼앗아 가지고 그걸로 유키짱 머리통을 갈겨 주었어. 그랬더니 바보처럼 잉잉 울더라. 혹이 났다고 엄살을 부리면서. 뭐 내가 한 짓을 절대로 안 잊겠다나. 유키짱은 바보 얼간이야."

"마사짱, 그런 말 하면 못써. 그래도 친구하고는 사이좋게 지내야 해."

"자꾸 내 물건에 손을 대고 얄밉게 구니까 화가 나서 그랬지 뭐."

모이를 주워 먹던 비둘기가 탓탓 소리를 내며 날아갑니다. 연한 회색과 청회색이 섞인 날갯자락에 부서지는 햇빛이 곱습니다.

"할머니!"

"응?"

마사코는 또릿또릿 맑은 눈망울로 할머니를 건너다봅니다.

"왜 일본이야?"

"마사짱, 왜 일본이냐니?"

"다른 나라들은 다 그냥 놔 두었잖아. 그런데 왜 우리한테만 꼬마를 떨어뜨렸냐구?"

"아이구, 또 그 소리야? 이 할미가 벌써 말해 주었잖아."

"아무 잘못도 없는데 그냥 히로시마에다 그랬단 말이야? 나가사키에다가도 그랬다며? 일본은 얌전히 있는데 미국이 자기네들 맘대로 꼬마를 실험해 보려고 그랬어?"

"그 땐 전쟁 중이었단다, 마사쨩."

"왜 전쟁을 해? 누가 먼저 싸움을 걸었어?"

"그거야 뭐……."

"할머니, 내가 유키쨩한테 한 방 먹인 건 걔가 먼저 내 물건에 손을 대서야. 만약에 안 그랬으면 나도 유키쨩 머리통 같은 건 안 때렸어."

"……."

"그러니까 우리 일본도 가만히 있었으면 꼬마 같은 건 안 떨어뜨렸을 거야. 그렇지 할머니? 그치, 응?"

"마사쨩, 하여튼 우린 당했단다. 우린 피해자란 말이야."

"글쎄 뭘 잘못해서 그랬냐니까? 아무 이유도 없이 그렇게 무서운 꼬마를 떨어뜨리지는 않았을 거 아냐, 할머니?"

흰구름이 담겼던 눈망울로 마사코는 빤히 바라봅니다. 그랬지만 할머니는 속 시원히 대답을 안 합니다. 답답합니다.

"왜냐니까? 왜 한 방 먹었냐니까? 할머니, 일본은 어부 편이야? 정어리 편이야? 대답해 봐, 엉?"

"하이고, 어부 편은 뭐고 정어리 편은 또 뭐람."

마사코의 질문 179

마사코는 어리둥절해하는 할머니의 팔을 자꾸자꾸 흔들어 댑니다.

비둘기들이 분수 위를 날아갑니다.

투명한 물줄기 사이사이로 흰구름이 동동 떠 갑니다. (*)

◎작가의 말

젊은 당신들에게

　젊은 당신들, 토네이도를 아세요? 토네이도는 지구를 삼킬 듯한 강력한 바람, 바람의 테러리스트이지요. 죽음과 파괴를 일삼는지라 광란의 바람이라고도 해요. 토네이도는 대체로 길고 가느다란 밧줄 모양이지만 엎어 놓은 촛불처럼 생긴 것도 있어요. 그리고 회오리바람처럼 빠르게 빙글빙글 돌면서 다녀요.

　토네이도는 맨 처음에 거대한 천둥구름에서 비롯돼요. 그 다음엔 폭풍 폭우 우박 번개가 하늘을 찢지요. 그리고 생겨나요. 한번 생겼다 하면 시속 110킬로미터의 엄청난 위력으로 질주하면서 포악을 일삼지요. 그런데 무슨 이변인지 어떤 때는 닭의 털을 산 채로 몽땅 뽑아 버리기도 하고 또 어떤 때는 집을 고스란히 다른 데로 옮겨 놓기도 해요. 무슨 요술쟁이처럼 피클 병을 깨지지 않게 옮겨 갈 때도 있어요.

　파괴, 또 파괴. 현실 세계에선 토네이도를 당해 낼 게 없답니다. 단 10초 만에 도시가 사라지니까요. 무엇이든지 2킬로미터 미만에 있으면 끝장이에요. 살아 남은 사람들에게 토네이도는 잊을 수 없는 엄청난 악몽이지요.

우리 나라에도 그런 악몽의 시대가 있었어요. 36년간의 일제 식민지, 그것은 분명 우리 민족의 토네이도였어요. 들풀 같았던 힘없는 이들에게는 특히나요.

지금도 기억나요. 내 오래 전 국민 학교(그 땐 초등 학교라는 이름이 없었어요. 이것도 식민지 시대의 잔재이지요.) 때, 역사 시간에 일제 수난기 이야기가 나오면 왜 그렇게 가슴이 콩닥콩닥 뛰었는지요. 난 선생님의 말씀을 안 들으려고 귀를 막곤 했어요. 두려움, 아픔, 원통함이 엄습했기 때문이었지요. 무엇보다도 그런 시대를 살아야 했던 우리 민족의 처지가 심장이 오그라들 것처럼 불쌍했어요. 그래서 그만큼 화도 났어요. 우리는 왜 그토록 당해야 했나, 한때는 그네들에게 문화를 심어 준 은인이었다면서. 바보들, 바보들. 안타까웠어요.

어른이 된 지금도 그 때의 일이 텔레비전에 나오면 얼른 다른 데로 돌려 버려요. 꼭 내 집안 식구들이 당하는 것 같아서 너무

끔찍하거든요.

내가 어렸을 때는요, 울며 떼쓰는 아이들을 달랠 때마다 '저기 순사 온다', '너 자꾸 그렇게 울면 순사가 잡아간다' 라고 했어요. 그러면 입술 새파랗게 울던 애들이 울음을 뚝 그쳤지요. 일제 강점기에는 순경을 순사라고 했어요. 철부지 아이들한테도 순사는 그렇게 두려운 존재였답니다.

잊어버리면 안 돼. 잊으면 또 다른 바보들이 될 거야. 그런 생각에서였어요. 젊은 당신들에게 당신들의 할머니 할아버지가 살았던 시대를 쓰기 시작한 것은. 그게 이 책을 낸 이유예요. 그리고 쓰면서 내내 가슴 아팠고 목메었고 우울했어요.

개인의 삶에 명암이 있듯이 나라와 민족의 삶에도 흥망성쇠가 있어요. 역사, 그것은 돌고 돌아요. 영원히 가해자이기만 하고 영원히 피해자이기만 하는 역사는 없어요.

부끄러운 역사도 우리의 역사예요. 역사란 현재와 과거와 미래와의 끊임없는 대화이며, 모든 과거의 역사는 현대사라는 말이 있어요. 그러므로 젊은 당신들은 우리의 과거를 보고 알아야 해요. 그게 자존심이에요. 자존심이 있어야 부끄러움에서 벗어날 수 있어요. 아니, 자존심이 있으면 벌써 벗어난 거예요.

이 책은 혹시 저들의 악랄함을 도드라지게 보이는 데에 초점을 맞추었을지도 몰라요. 손이 안으로 굽은 거지요. 하지만 그게 사실인걸요. 젊은 당신들이 이 책을 읽으면서 내 오래 전 초등학교 역사 시간에 느꼈던 그런 느낌을 같이하길 바라요. 그리고 앞으로는 물론 그런 느낌에서 거뜬히 벗어나야겠지요. 당신들의 어깨엔 우리 미래가 달려 있어요. 다시는 꺾이지 말아요.

손 연 자

◎일러두기

1910년 8월 한일합병조약 체결
내각총리대신 이완용과 데라우치 총독 간에 이루어진 조약으로, 한국의 통치권을 일본에 넘겨 주고 합병을 수락한다는 내용으로 되어 있다.

1919년 3월 3·1독립만세운동
탑골 공원의 만세 시위는 중등학교 이상의 학생들과 시민들이 독립선언서를 낭독한 뒤 시가로 진출하면서 시작되었다. 각 종교계 대표 33인은 태화관에서 간단한 독립선언식을 치른 뒤 경찰에 연행되었다. 이는 일제의 압박에 신음하던 우리 민족이 일제에 정면으로 맞서 일으킨 만세 시위로서 독립에 대한 의지를 보인 것이었다.

1923년 9월 관동대지진 발생
관동대지진은 진도 7.9의 초대형 강진으로 도쿄를 비롯하여 관동 지방 일대가 초토화되었다. 9월 2일 계엄령이 내려진 가운데 '조선인들이 작당하여 습격한다'거나 '조선인들이 식수에 독약을 타고 다닌다'거나 하는 터무니없는 말들이 나돌아 일본인들로 구성된 자경단에 의해 조선인들을 학살하는 사건이 벌어졌다. 일본 정부는 이에 대해 학살 사건으로 구속된 자경단원들을 '증거 불충분'이라는 이유로 석방시켜 버리는 등 시종 무책임한 태도로 일관했다.

1925년 5월 치안 유지법 조선에서도 실시

치안 유지법은 같은 해 4월 일본에서 공포된 것이었다. 이 법은 국체를 변혁(천황의 통치권을 부인하는 모든 행위로 식민지 독립 운동을 포함한다)하고 사유 재산 제도를 부인할 목적으로 결사를 조직하거나 이에 가입한 자를 처벌하기 위해 만든 것이었다. 일제는 이 법을 통해 조선의 독립 운동을 탄압하였다.

1937년 10월 황국신민서사 제정, 강요

이 문서는 미나미 총독의 지시로 만들어진 것으로, 각급 학교와 관공서, 심지어는 결혼식 같은 민간 행사에서도 반드시 암송하도록 강요했다.

황국신민서사(아동용)

1. 나는 대일본제국의 신민이다.
2. 나는 마음을 합해 천황폐하께 충의를 다한다.
3. 나는 인고 단련하여 훌륭하고 강한 국민이 된다.

1938년 3월 조선교육령 개정 공포

이번 개정으로 보통학교, 고등보통학교, 여자고보 등의 명칭이 소학교, 중학교, 고등여학교 등 일본 학교와 똑같이 바뀌게 되었고, 조선어는 정규 과목에서 빠져 조선어 교육이 실질적으로 금지되었다.

1938년 4월 국가총동원법 제정, 공포

이 법으로 국가의 행정과 경제는 물론 국민 개개인이 전쟁이라는 한 가지 목적을 위해 총동원될 수 있게 되어, 조선내에 있는 인원, 물자, 시설, 자금 등 모든 것을 빼앗아 갔다.

1939년 7월 국민징용령 실시

총독부는 국민징용령을 선포하여 조선인을 전쟁에 동원할 수 있게 되었다. 이에 따라 수많은 조선인들이 일본 각지의 탄광, 수력 발전, 철도, 도로, 군수 공장 등으로 끌려갔다.

1940년 2월 창씨개명 실시

1939년 11월 '창씨에 관한 제령'을 공포하고, 1940년 2월부터 창씨개명을 강요했다. 이는 일제가 우리 민족 고유의 문화와 전통을 없애려고 우리 나라 사람의 성과 이름을 일본식으로 고치게 한 것이었다.

1941년 4월 국민학교령 공포

일제는 국민학교령을 공포하여 소학교를 국민 학교로 바꾸고 조선어 과목을 완전히 없애 버렸다. 이 조치는 더욱 철저한 황국 신민화 교육을 위한 것이었다.

1942년 6월 가정의 유기 공출 강요

총독부는 금속류 회수의 일환으로 유기(놋그릇)를 공출했다. 심지어 대를 이어 내려오는 밥그릇, 숟가락, 제사 지낼 때 쓰는 그릇까지 강제로 빼앗아 갔다.

1943년 8월 징병제 실시

일제는 태평양 전쟁이 확대되면서 조선인에 대한 군사 징발을 시작했다. 이미 1943년까지 약 2만여 명의 조선 젊은이들이 '지원병'으로 전쟁터에 끌려갔는데, 징병제의 실시로 약 34만 명이 징병 대상자가 되어 일제의 총알받이로 끌려갔다.

1943년 조선인 학생의 징병 유예 폐지

이 조치로 징병제에서 예외이던 일본의 유학생들이나 조선의 학생들도 강제 징병 대상이 되었다.

1944년 8월 여자 정신대 근로령 공포

일제는 '여자 정신대 근로령'을 공포하여 12세에서 40세에 이르는 미혼 여성을 일본과 조선내의 군수 공장으로 동원했다. 이들 중 일부는 위안부로 끌려갔는데, 그 숫자는 정확히 파악되지는 않지만 약 20만 명에 이르는 것으로 알려졌다.

1945년 7월 포츠담 선언

미국의 트루만, 영국의 처칠, 소련의 스탈린이 포츠담에 모여 전후 처리 문제를 논의했다. 이 자리에서 일본에 항복을 촉구했고, 한민족의 독립을 약속했다. 그러나 일본은 이를 즉각 거부했다.

1945년 8월 일본에 원자 폭탄 투하

미국은 8월 6일과 9일 각각 일본의 히로시마와 나가사키에 세계 최초로 원자 폭탄을 떨어뜨렸다. 이로 인해 10여만 명이 그 자리에서 죽고, 이 사건으로 일본 정부는 전의를 완전히 상실했다.

1945년 8월 15일 8·15 해방

원자 폭탄 투하 이후 일본의 천황은 항복 선언을 했고, 이로써 반세기에 걸친 일본에 의한 침략은 막을 내리고 조선은 해방을 맞게 되었다.

푸른책들이 펴낸 〈손연자 작가〉의 책, 더 읽어 보세요!

까망머리 주디 (푸른도서관 3)
종이 목걸이 (미래의 고전 13)
내 이름은 열두 개 (이야기 보물창고 15)

손 연 자

1944년 서울에서 태어나 이화여자대학교와 대학원에서 국문학을 공부했다. 1984년 〈소년〉에 동화 「흙으로 빚은 고향」이 추천되고, 1985년 동아일보 신춘문예에 동화 「바람이 울린 풍경 소리는」이 당선되어 작품 활동을 시작했다. 초등 학교 〈국어〉 교과서에 「꽃잎으로 쓴 글자」, 「방구 아저씨」, 「종이 목걸이」 등 여러 작품이 실렸으며, 한국아동문학상·한국어린이도서상·세종아동문학상·가톨릭문학상 등을 수상했다. 지은 책으로는 『마사코의 질문』, 『까망머리 주디』, 『종이 목걸이』, 『내 이름은 열두 개』, 『파란 대문 집』, 『푸른 손수건』 등이 있다.

푸른도서관은 10대에서 20대까지 눈부신 성장을 거듭하는 푸른 세대를 위한 본격 문학 시리즈입니다.

1 뢰제의 나라 강숙인 | 제1회 윤석중문학상 수상작
2 아버지가 없는 나라로 가고 싶다 이규희 | 세종아동문학상 수상 작가
10 마사코의 질문 손연자 | 세종아동문학상 수상작, SBS 어린이미디어대상 수상작
11 아, 호동 왕자 강숙인 | 학교도서관사서협의회 추천도서
12 길 위의 책 강 미 | 제3회 푸른문학상 수상작, 책따세 추천도서
14 발끝으로 서다 임정진 | 책따세 추천도서
15 마지막 왕자 강숙인 | 중앙일보 좋은책 100선 선정도서
18 쥐를 잡자 임태희 | 제4회 푸른문학상 수상작, 아침독서 청소년 추천도서
19 바람의 아이 한석청 | 한우리독서토론논술 필독도서
21 리남행 비행기 김현화 | 제5회 푸른문학상 수상작, 책따세 추천도서
22 겨울, 블로그 강 미 | 문화체육관광부 우수교양도서, 아침독서 청소년 추천도서
23 네가 하늘이다 이윤희 | 아침독서 청소년 추천도서, 한국어린이문화대상 수상작
27 지귀, 선덕 여왕을 꿈꾸다 강숙인 | 책따세 추천도서, 네이버 북리펀드 선정도서
30 사라지지 않는 노래 배봉기 | 문화체육관광부 우수교양도서, 국립어린이청소년도서관 추천도서
31 김홍도, 조선을 그리다 박지숙 | 문화체육관광부 우수교양도서, 아침독서 청소년 추천도서
34 밤나무정의 기판이 강정님 | 한국도서관협회 우수문학도서, 대한출판문화협회 올해의 청소년도서
35 스쿠터 걸 이 은 | 한국간행물윤리위원회 우수청소년저작 당선작, 학교도서관저널 추천도서
37 열네 살, 비밀과 거짓말 김진영 | 한국간행물윤리위원회 청소년 권장도서, 문화체육관광부 우수교양도서
38 허황옥, 가야를 품다 김 정 | 네이버 북리펀드 선정도서, 대한출판문화협회 올해의 청소년도서
40 그래도 괜찮아 안오일 | 한국간행물윤리위원회 우수청소년저작 당선작, 한국도서관협회 우수문학도서
43 아버지, 나의 아버지 최유정 | 한국도서관협회 우수문학도서, 아침햇살 선정 좋은 청소년책
44 타임 가디언 백은영 | 아침햇살 선정 좋은 청소년책
47 악어에게 물린 날 이장근 | 책따세 추천도서, 대한출판문화협회 올해의 청소년도서
48 찢어, Jean 문부일 | 한국도서관협회 우수문학도서, 아침독서 청소년 추천도서
50 신기루 이금이 | 네이버 북리펀드 선정도서, 아침독서 청소년 추천도서
52 모래시계가 된 위안부 할머니 이규희 | 학교도서관저널 추천도서, 국제펜문학상 수상작
54 나는 탈라랜드로 간다 김영리 | 제10회 푸른문학상 수상작, 한국문화예술위원회 우수문학도서
57 나는 지금 꽃이다 이장근 | 문화체육관광부 우수교양도서, 어린이도서연구회 청소년 추천도서
58 우리들의 사춘기 김인해 | 한국문화예술위원회 우수문학도서, 국립어린이청소년도서관 추천도서
61 택배 왔습니다 심은경 | 한국문화예술위원회 우수문학도서, 아침독서 청소년 추천도서
63 나에게 속삭여 봐 강숙인 | 학교도서관저널 추천도서
우리는 가족일까 유니게 | 한국출판문화산업진흥원 세종도서
73 신라 공주 파라랑 김 정 | 학교도서관저널 추천도서
74 옥상에서 10분만 조규미 | 아침독서 청소년 추천도서, 학교도서관사서협의회 추천도서
75 별에서 별까지 신형건 | 한국출판문화산업진흥원 청소년 권장도서
76 뺑뺑 김선경 | 어린이도서연구회 청소년 권장도서, 아침독서 청소년 추천도서
78 연애 세포 핵분열 중 김은재 | 학교도서관저널 추천도서, 아침독서 청소년 추천도서
79 데이트하자! 진 희 | 학교도서관저널 추천도서, 울산남부도서관 올해의 책
80 세 번의 키스 유순희 | 국어 교과서 수록작가
81 파란 담요 김정미 | 한국문화예술위원회 문학나눔 선정도서, 학교도서관저널 추천도서
82 그 애를 만나러 유니게 | 책따세 추천도서, 아침독서 청소년 추천도서
83 너를 읽는 순간 진 희 | 한국문화예술위원회 문학나눔 선정도서
84 기린이 사는 골목 김현화 | 아침독서 청소년 추천도서
85 불량한 주스 가게 유하순 | 제9회 푸른문학상 수상작 수록
86 내 안의 안 이근정 | 한국안데르센상 수상 시인

*〈푸른도서관〉 시리즈는 계속 나옵니다!